人骨琵琶

啟示錄

目錄

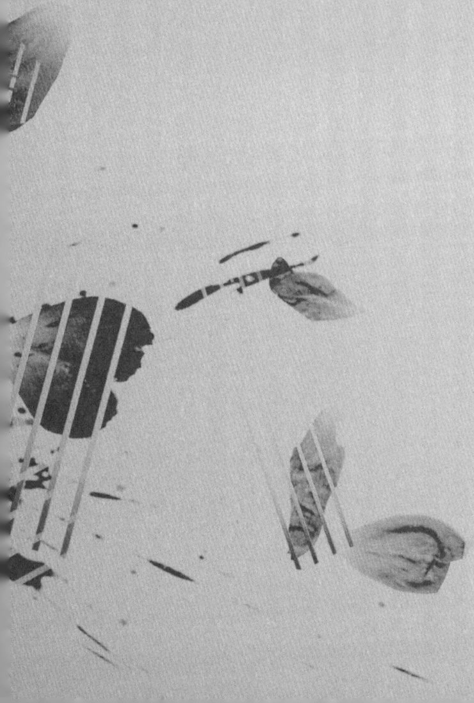

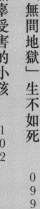

惡人

某日下午，中環威靈頓街一間樓上珠寶店發生近億元鑽石劫案。一名來自中東約旦的22歲男子，喬裝買家與獨自看鋪的女職員談生意，露出惡相拳打腳踢，逼她說出夾萬密碼，女職員被毒打至口腫面腫變豬頭。惡賊掠得17粒共303卡近億元巨鑽時，因觸動警鐘致大門反鎖被困店內，他見事敗，竟將其中9粒「眼球般大」的巨鑽，以水送服吞下肚中……

一名28歲陳姓銀行女櫃員在巴士上，嫌六旬老婦動作緩慢阻她下車，竟把她推倒。女巴士司機看不過眼下車追截，糾纏間遭陳女狂踢，受害二人均受傷，陳女罪成，判處社會服務令及向兩位事主各賠償5,000元。

有些惡人落網及判罰，當然罪有應得大快人心。但也有更多是無法追究。例如在機場或機艙中，不少劣質內地客，土豪大媽的自私暴戾行為，不顧公德把腳擱在椅端、對空姐及職員打罵潑水襲擊、因自己誤時而滿地打滾、與乘客衝突……太多了，國醜外傳。在世界各地的惡形惡狀惡言惡行，罄竹難書，但奈之何？

中國大陸網絡上充斥這些惡人視頻。大婆當街把小三毒打、扒光衣服示眾甚至殺害，理直氣壯。虐貓虐狗虐人，都靠個人底氣，難怪湖南一名八婆從名車車廂拋垃圾到街上，被清潔工批評後，她可以惡言怒罵5分鐘，趾高氣揚地當眾羞辱：「你算啥？吃政府的錢！」即使很多人現場拍片速放上網，但無恥的惡女仍揚長而去，頂多被諷，沒有後果。

除非當街斬人、開車亂撞途人，釀成死傷，才有警察介入制服。

但據報導，突尼斯一名27歲女子，指控3名警察截停她和未婚夫，押往提款機提取現金，另外2人將她拉到汽車後座強姦。事後涉案警察反控她與未婚夫在車內性交，可被判監——這就是「惡人先告狀」。

壞人或理虧的惡人，搶先投訴、誣衊、歪曲事實、企圖開脫，是雙重罪行。世上這種惡人不少，正是「殺人放火金腰帶，修橋補路無屍骸」，在強權霸道政治圈中最常見。

金庸武俠小說《天龍八部》中的歹角，被西夏一品堂招攬，這「四大惡人」是：「惡貫滿盈」段延慶、「無惡不作」葉二娘、「兇神惡煞」岳老三、「窮兇極惡」雲中鶴——但整個中國大陸的惡人，大概也有四億，他們都因暴發而暴惡，國民教育或個人修養的遺憾，獸性尋找爆發點。

我曾買過一本小小的「現代の物語繪卷」，就喚《惡人》，文字很少也不大看得懂，是本醜惡、變態、噁心、匪夷所思的精緻繪本（很矛盾吧？）。繪工別具風格，邪氣得來甚有想像力，繪者的靈感來自一本小說，也喚《惡人》。《惡人》是日本作家吉田修一的長篇小說。吉田一向善於描寫年輕人的心緒和生態，《惡人》延續了這一特色，還以殺人案為切口，聚焦低下層人群的作為，小說於2006年在《朝日新聞晚報》連載，一年後推出單行本，至今已10年，累計銷量應過百萬。

追查一下，原來《惡人》在2010年被東寶公司拍成電影版，由李相日執導（他是日本新潟縣出身的在日朝鮮電影導演），深津繪里與妻夫木聰等主演，得過不少獎項。而2016年，李相日再度改編吉田修一作品《怒》，背後表達每個角色都活在孤獨困境中，缺乏信任、無處傾訴。加入劇組的演員都大呻痛苦，但當然導演最惡。

日本電影中還有一個很有性格的惡人北野武。拍了《全員惡人1、2、3》，應是北野武自編自導自演自封惡人之黑幫系列終章了。充斥血淋淋官能刺激場面，刀片剮面、斬脫手指、筷子插耳、飛車斷頭、家法酷刑、血肉橫飛「以暴易暴，惡有惡報」是他們的口號。

悪人
あくにん
吉田修一
北野武監督暴力回歸
康城影展競賽電影
全員惡人
OUTRAGE
重量級型男 北野武、椎名桔平、加瀨亮、三浦友和連場惡鬥
惡人
なぜ、殺したのか。
なぜ、愛したのか。
悪人
ひとつの殺人事件。引き裂かれた家族。誰が本当の"悪人"なのか?

比起來，我們看過的粵語陳片中善惡分明，那些「惡人」也不算甚麼大奸大惡，都有報應。

我喜歡西宮李香琴，多過東宮余麗珍，即使余麗珍與製片家夫婿李少芸，花盡心思設計好些悽慘悽厲情節來虐待她，賤過地底泥，無頭東宮生太子，賺人熱淚，我還是喜歡潑辣銷魂的李香琴，而且最後她一定作法自斃或改邪歸正的，不怕教壞小孩。

這天興起，與損友們大數影視中的「惡人」，我們數過（排名不分先後）：劉克宣、石堅、容玉意、李香琴、譚蘭卿、陳立品、馬笑英、陶三姑、麥基、蕭錦（巨人）、林妹妹、李鵬飛、葉萍、吳楚帆、黃曼梨、鄭子誠、秦沛、曾江、黃秋生、徐錦江、何家駒、李兆基、吳志雄、吳鎮宇、張耀揚、李子雄、龍方、鍾景輝、孫紅雷、周比利、方剛、谷峰、劉洵、黃光亮、鄭則士、鄭浩南、鄒兆龍、盧惠光、徐忠信、翁世傑、陳惠敏、黃子揚、劉兆銘、黃志強、沈威、王青、吳毅將、湯鎮業、羅烈、徐少強、馬蹄露、王俊棠、吳廷燁、溫兆倫、魯芬、姜中平、陳錦棠、龍剛、靚次伯、大聲婆……和「極品」成奎安。

（有沒有遺漏？請大家補充。）

——人的本性是欺善怕惡。不過人再惡，也有天收，天沒工夫收拾之？

「強中更遇強中手，惡人自有惡人磨」，大家惟有相信這個。

而天下最惡的人，在「政治」面前，卻不得不低頭……

面膜不止於面膜

強國大媽大姐全球掃貨。掃的甚麼「貨」也無謂一一羅列，反正能買的都掃回家。到日韓，一切藥品化妝品美容品都是心頭好，她們買面膜是一箱一箱的。

世上大部份女人（包括小部份男人）都愛用面膜，都相信那些保濕、補水、美白、抗衰老、緊膚、平衡油脂、去皺、柔滑、改善膚質、抗氧化、激活細胞、煥然一新的作用，不但神馳嚮往，還捨得花費。一般由港幣十數元到六、七百元一塊面膜，視廠商宣傳其中材料有多名貴而定。

有樂於買貴價貨，一見「金箔」，便聯想「往臉上貼金」之提升，忘了研究那「金」是如何跑進身體去？

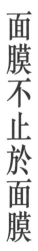

但也有超便宜，如日本有很多大型雜貨公司，大家 shopping 時會見到「格安」、「安價」、「激安」之類招徠語——還有「驚安」的，在一家日用品藥妝飲食衣服鞋襪電器玩具……甚麼都有的「激安の殿堂」，廿四小時營業，貨品雜亂大觀園，是強國蝗之樂土，也許大家心知肚明，很多都是「中國製」，但似乎在日本買會放心些。

貨品價格不一，大多平民化，實惠，但「驚安」就便宜到嚇死你！見一座一座特別推出之商品，是每隔一陣的超平吸引招數，壓倒性的，若非市面最便宜，「全額返全保障」。忽見一座賣面膜的，一塊 ¥30，兩塊錢港幣，比其他同類牌子便宜多了，效果還真不錯。誘惑你內進，一定忍不住手，買一大堆原來沒打算買的東西，當然是高招：吃小虧佔大便宜。

但，也令人想到，原來面膜的利潤可觀得驚人！殺頭的生意有人做，虧本的生意誰肯？若 ¥30 貼近成本，那麼同類貨品的商家賺得多快樂，最重要是宣傳手法和創新的點子。

只要成為一時話題，那些充滿好奇，追上潮流，花得起錢的冤大頭就會排着隊搶購。

先誇耀面膜的成份，雖是看不出端倪的美容液精華液萃取液，但裏頭有：水解骨膠原、玻尿酸、蝸牛黏液、蛇毒、魚子、黑珍珠、燕窩、人參、當歸、黃芩、蟲草、天山雪蓮、冰河水、火山泥、胎盤素、熊果素、蘆薈、紅酒素、綠茶精華、角鯊烯、墨西哥仙人掌、金箔、鑽石微因子、白玉粉、納米膠原蛋白、菸鹼醯酸……唬人！

面膜這玩意也不過十數年歷史，但因愛美的人着迷，已不斷有新發明、改進版，日新月異的吹嘘，更令人泥足深陷了。

最初是粉末調和敷臉，後有不織布、蠶絲、天絲、生物纖維等面膜，白色的。進階為黑色，那塊面膜就得含火山熔岩礦物質、黑曜石、活性炭、竹炭、海底泥……而「黑」似乎比「白」更上層樓，有人質疑是加工染色的嗎？有副作用嗎？有後遺症嗎？顏色不是重點，但敷臉由平面多褶易皺，不夠貼面，到3D、4D，掛耳式彈性緊貼臉部立體凹凸位，還可向上拉升，連頸部、下頷、耳朵後面都覆蓋到——簡直是張人皮面具了，可以變成另一個人。

對了，敷臉那麼悶，得獃上30分鐘靜待營養吸收，市面上出現一些野生動物、超萌小寵物、京劇臉譜、卡通人物、藝伎、歌舞伎、各國美人……面膜，進展至變形金剛、惡魔、鬼怪、狐狸精等新潮有趣的「造型設計」，即時便可變成另一個人。

面膜是美容保養品，屬奢侈品，非必需品，沒錢開飯哪顧得敷臉？且養份緩緩被皮膚「吸收」，可能不久便回復原狀，打回原形。只是把過程變成樂趣，變成信仰，令自己開心吧。

"驚安"招徠術

戲法人人會變，各有巧妙不同

贈品
FREE GIFT
촉촉 수분
Moisturizing
OND THE REAL
RONIC ACID : 히알루론산
MAKE OVER MASK
EMPRESS
新
NEW
にっぽん あーとますく
NIPPON
ART MASK
スペシャル
シークレットマスク
Pure Smile
ART MASK
¥500
OVER MASK
TEMPTATION
MOTE
黑面膜
アルロン酸
赤ちゃん肌の
肌ふっくら
毛穴
すべすべ感
Barrier Repair
無敵の男肌
闘う男の最強アイテム

其實中港台日韓……甚至歐美，即是全球各地，不時有官方化驗機構或保障消費者權益的政府發言人，公告某些牌子的面膜，檢測後品質欠佳，有失實誇大之處。最近台灣消保處便有報告，提醒顧客注意使用，以免有反效果，令毛孔閉塞，暗瘡惡化。大陸的檢測到了無法掩飾時，忽地出現數幀中毒爛面血膿交織的圖片，好好一張臉，因錯敷欺世盜名牟利的面膜，變得恐怖，商人「無良」，但顧客也脫不了「無知」。

上海稱理髮造型為「做頭」；敷面膜美容為「做臉」——人活着為了面子，為了有頭有臉，見人時容光煥發，自處時感覺良好，「頭臉」多重要，所以要學得聰明點：

（一）別讓藥妝店百貨店專櫃小姐（近也流行美男促銷）宣傳洗腦，他／她們為了賺取佣金，何等落力！但你要知道自己需要甚麼——閣下缺點自己最清楚了。

（二）除非曬後急救、下月結婚、谷底相親、見工見客、盛會出鏡，面膜是不必天天敷的，更不必像范冰冰般一天敷幾次（除非賺錢容易又可逃稅）。正如美食多吃會攪，政客政棍虛偽美言天天胡說會惹嫌，物極必反。

（三）別捨不得精華液——它們都是見光死，敷臉一次過，用完即棄，不能怕浪費，封好放冰箱下回再用，這不是環保，而是吝嗇加小器。因為這些化學美容液會變質、變味、發酵、衍生不明物質，如吃「隔夜餸」常中毒。

（四）用面膜時順便敷眼是不當的，因眼部肌膚薄、敏感，面膜成份對之可能過於刺激，「食得唔好嘥」是美德？過份慳儉更壞事。

（五）用濕貼式面膜勝過撕拉式面膜，任何「暴力」，傷的反而是自己。

（六）別對區區一塊面膜期望過高，世上沒有「剝殼雞蛋」之奇效。

真的沒有！

（七）面膜暫時「整修門面」，片刻緊緻明亮，效果很快過去，應着重實際的保養，由內美到外。廉價面膜、誇大面膜、不實面膜、有毒面膜，只如短期修讀甚至不必現身上課親撰論文，便可得手的野雞大學博士學位，像議員政棍，招搖過市，終有一日被公告示眾的，刪也來不及，到時灰頭土臉，掏空裏子，失去面子，多丟人！

——使用面膜要聰明，因為面膜的啟示不止於面膜。

假招聘，真數錢

2017年春節，一則《蘇州寒山寺招聘和尚》的啟事在網上瘋傳，我也收到來自不同朋友的轉發，可見多麼「熱」。

——但一看就知是假的。

寒山寺是千年名刹，位於江蘇省蘇州市城西閶門外五公里的楓橋鎮。相傳始建於六朝時期的梁武帝天監年間（502-519年），初名「妙利普明塔院」，唐貞觀年間，傳說當時的名僧寒山和拾得從天台山來此作住持，遂改名「寒山寺」。

它因唐朝詩人張繼的《楓橋夜泊》而聞名中外。

「月落烏啼霜滿天，

江楓漁火對愁眠，
姑蘇城外寒山寺，
夜半鐘聲到客船。」

從小讀過這詩，長大後也到過寒山寺一遊，農曆除夕很多人湧至，專程聆聽一〇八新年鐘聲，表示一年終結，人們那一〇八種煩惱也隨清音一一消除了，辭歲迎新，成為遠近來客最大的關注，寒山寺盛名不衰，至今仍是「紅火」。

用上這中國大陸的形容詞，因為近年中國寺廟亂象叢生，好多寺院都有匪夷所思之斂財事件。不過看回這啟事，「招聘和尚」充滿戲謔之詞，甚為輕佻，但諷世內涵亦具功力。我把截圖放上，不表示「信」，而是「讚」。分析一下招聘內容：——

（一）經濟待遇：月薪1.6萬元（人民幣，下同），包食宿，做滿三年加薪至2.2萬，方丈（即CEO）有8萬，免稅還有年終獎，多商業化、文明化。因職級而各有不同待遇，但努力上進，多出差，上門做法事任勞任怨，多勞多得，還有補貼，有晉升加薪機會，看來前景欣然，起碼看到明天，又不用為買樓（港人則為買劏房或蚊型單位）籌謀。

（二）具體要求：男生，本科及以上學歷，研究生優先，合理，有競爭能力當然優先考慮。學歷不足，則11或985院校畢業生優先；信佛者能背誦《金剛經》、《法華經》者優先。其他信仰歡迎皈依我佛（即叛教者優先、二五仔不拘、臥底也寬恕你收容你）。「上班」期間戒色禁煙酒——但「下班」以後原則上不干預私生活。這個十分「公私分明」，尊重收工自由，回復真我，不強迫齋戒，寺中沒有宅男，表現開明之至。

（三）實習期：各地分寺主持實習期一年，齋薪每月視香油多少分紅，這就看你們「吸客」本事了，不知會否設街站或派員上街招徠，來拜神有抽獎之類。最重要的，是實習期滿，可由方丈傳授「72絕技」——真叫人心癢難熬，方丈是XX高手？有何文武絕技？可否在和尚下山後當「履歷」或「招牌」用？升呢有望，無聊廢青付出一年時間也值！

不過這招聘啟事太「隨便」了，只着有意向者添加微信號：khp102，不留電話和負責人（微信號可查到是誰？是男是女之搗蛋鬼？），面試地點是寒山寺佛香閣二樓，到時有沒有人來招呼你也難說，肯定放飛機。

——所以，這招聘啟事應由周星馳發，或由周星馳去應徵的。基本上這是一齣喜鬧劇（或黑色幽默劇、或佛門血淚劇、或「徵婚」，sorry 應是「誠徵同志」啟事）。

我點「讚」因其創意及靈感刺激，可有多角度發揮，還是一個大學生的發跡過程。

大家不要罵它弄虛作假吸睛，整個中國都如此。

這招聘啟事沒讓人報名掛號交費，只是胡鬧，否則順藤摸瓜可以追究查辦，無人受騙談不上是「騙局」，作假而已。

反而從網民反應看出端倪：

「一個月才8萬？再加個（0）和尚都看不上！」

「方丈都開，奔馳奧迪的，會只有這麼點薪資嗎？都不夠加油。」

「方丈收入怎會這麼少呢？至少年收入數百萬。」

「方丈不可能對外招聘，官員的親戚那麼多」

「好多寺院都承包出去了，高薪聘用和尚這事很『中國』。」

「去年五月的寒山寺，一層整個變成賣玉器的了，可不可笑，一個佛寺，悲不悲哀，全國寺廟都這樣。」

「都不知騙了老百姓多少錢？」

「哪有甚麼真和尚？」

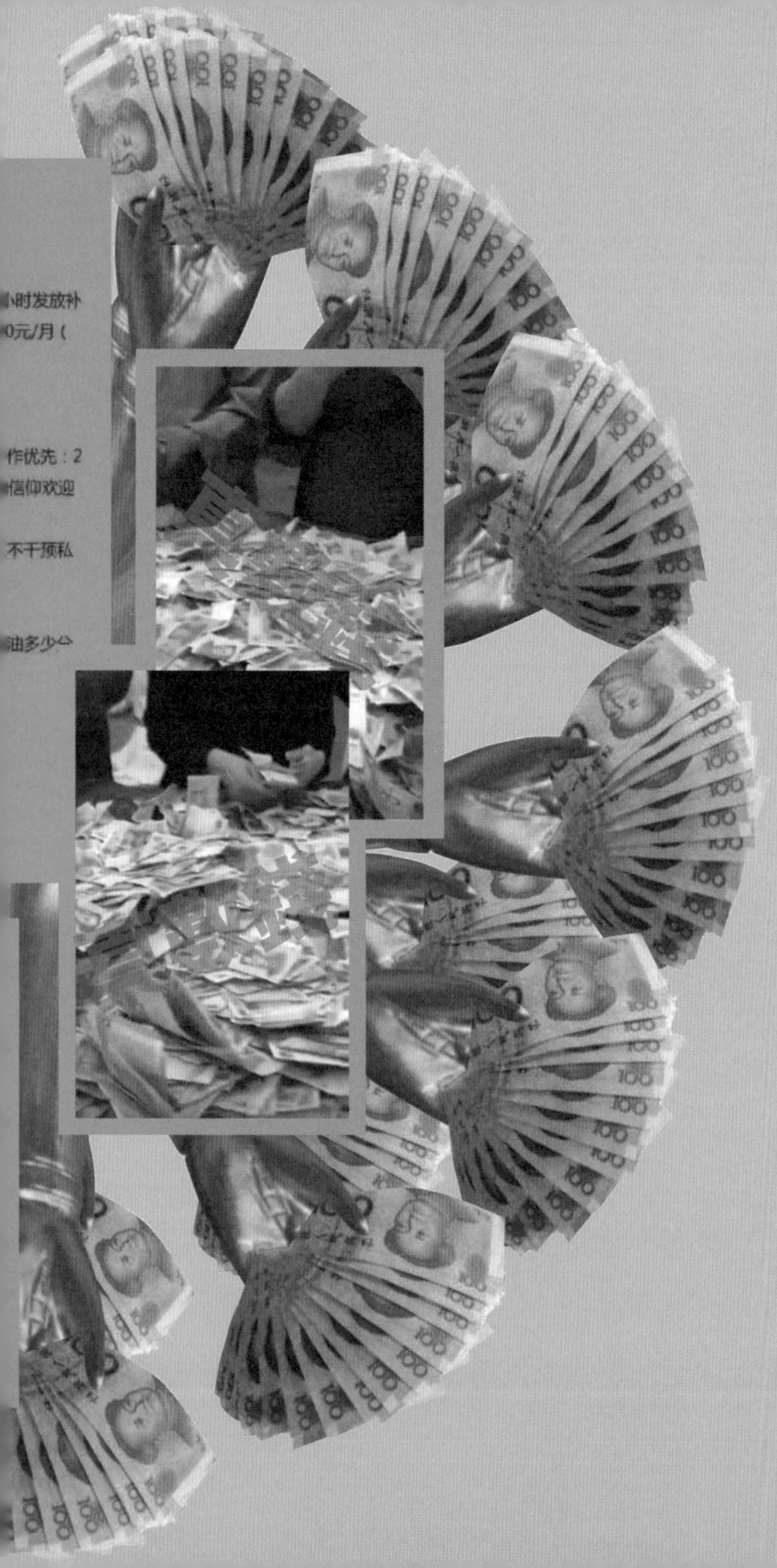
小时发放补
0元/月（
作优先：2
信仰欢迎
不干预私
油多少

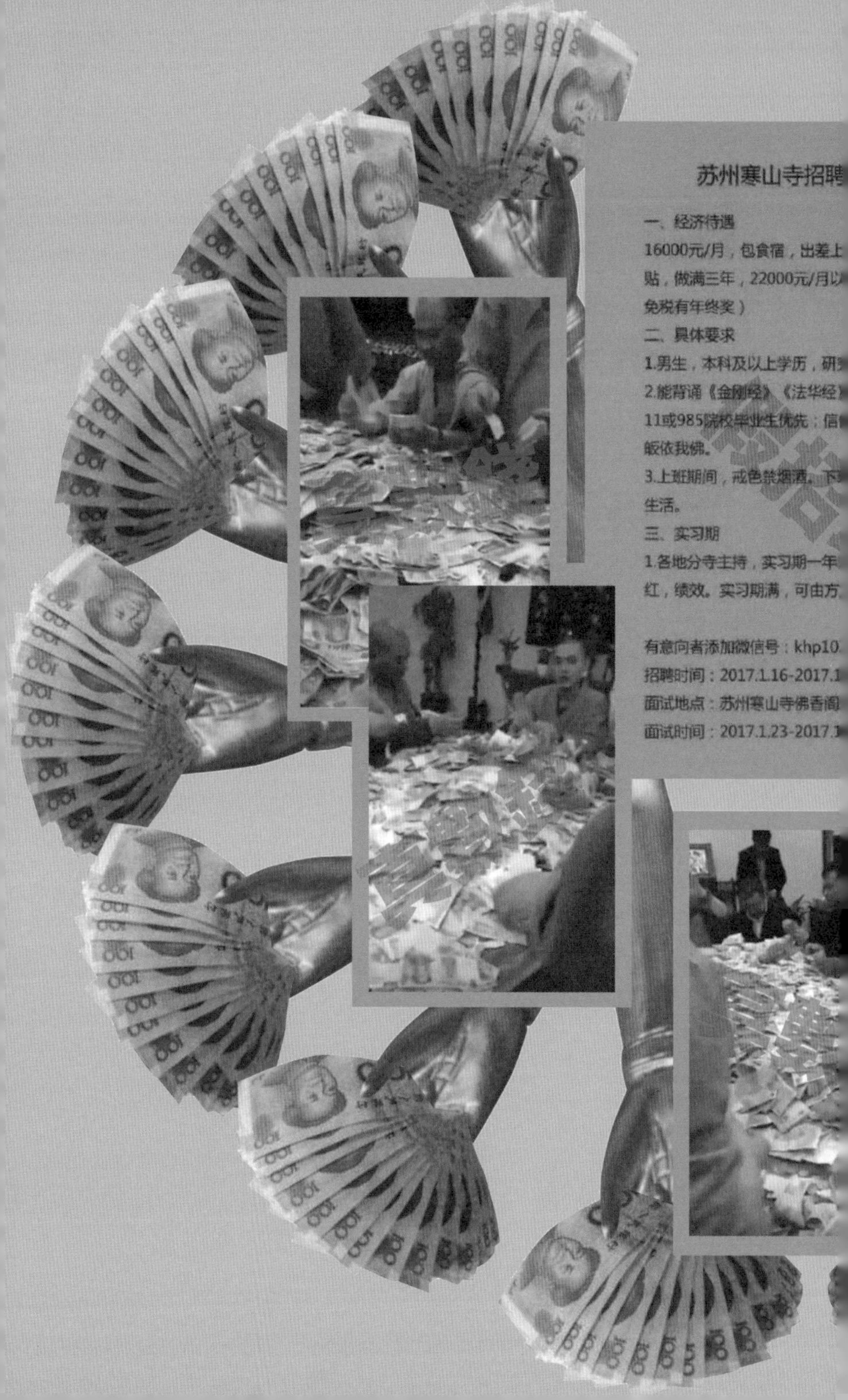
苏州寒山寺招聘
一、经济待遇
16000元/月，包食宿，出差上
贴，做满三年，22000元/月以
免税有年终奖）
二、具体要求
1.男生，本科及以上学历，研
2.能背诵《金刚经》《法华经》
11或985院校毕业生优先；信
皈依我佛。
3.上班期间，戒色禁烟酒。下
生活。
三、实习期
1.各地分寺主持，实习期一年
红，绩效。实习期满，可由方
有意向者添加微信号：khp10
招聘时间：2017.1.16-2017.1
面试地点：苏州寒山寺佛香阁
面试时间：2017.1.23-2017.1

「一進廟堂滿滿的都是錢的味道！」

——同日，我也收到一段視頻，真滿滿的都是錢的味道啊！

片段中不知是哪寺廟？中國哪寺廟都有可能。

一張長桌，滿鋪着大量人民幣，最高面額是100元，其他面值也有，都是香——油——錢。

「咱們大過年，那麼多的……」

聽不清楚，不過一群和尚在把善信過年拜佛祈福的香油錢一一點算，還有和尚故意拈起大把的灑落，大夥笑逐顏開，滿心歡喜——大過年！過肥年！這片段中所見（也許只是部份）的鈔票，可盛ＸＸ個大麻袋，善信真是慷慨！

不知哪寺廟是因為每家寺廟都「肚滿腸肥」。最出名的嵩山少林寺早已成為謀人寺，方丈釋永信這佛門大老虎，酒色財氣淫穢外加私生子，海外賬戶有X億美元 接受調查的「政治和尚」尚未被辦，利益團夥關係千絲萬縷，各界都靠之發財。

佛門清淨之所變成是非地、名利場、洗錢站、淫賤窟，也是中國五千年文化之淪落，但變本加厲，沒有底線。

少林寺一炷高香得6,000元，誦經唸佛祈福算命 統統有「餐單」，其他有名的寺廟不甘後人，當然也盆滿鉢滿。「頭炷香進香權」這荒誕的名詞，原來指初一入廟燒頭炷香，通過競投得之，投標拍賣以求神庇祐？頭炷香最威猛？不但顯示金錢換取「權力」，還破壞眾生平等敬神以誠的信仰精神，但每年，都有富豪權貴炫富賽金（動輒X百萬），競投頭炷香之權，還有人重金買斷了，先到還排隊的人不得點香，待頭炷香點上後才可進場，太醜惡了！

寺廟借佛斂財招數太多，不勝枚舉。公司包辦、收取高額門票、賣高價香、假冒活佛大師看相算命消災解難、推銷「開光法物」、高價大辦法事、集資修建騙取善款、攀附佛名設武館醫局、假冒僧尼化緣訛詐（已有假和尚尼姑來香港騙財多年，現由神探翁靜晶糾察隊執行「打假」行動）……

大堆大堆的鈔票是真的，和尚們得意數錢眉開眼笑，更加是真的，「見錢眼開」的表情裝不了！

強蝗可有國羞？

朋友S、P、C等，分別在日本北海道及鹿兒島回港，都避開東京大阪了，還是一肚子氣。綜合而言苦水屬於「蒙羞」：

「所有東西都貴了，尤其是酒店住房，比以前加價一兩倍不止，還沒房！全被強國蝗訂清光。」

「以前到大小店號購物，不管是名牌或土產，都得到禮貌待客，如今店員都失去耐性和自控能力了，問這件那件有沒有貨，沒好氣一句：『沒有。』不再道歉亦無力推介——是疲於奔命和降低要求所致。」

「旅遊質素下降，大排長龍，處處垃圾，吵到不得了，吃頓飯或閒逛shopping無處容身！」

「別到購物區，如同剿村走難，叫人情緒大受影響……」

是的，世上任何地方任何商品讓暴發的中國人看上了，便一窩蜂搶購掃貨，恨不得全搬回家。

這不打緊，恐怖和委屈之處，是牽累到其他黃皮膚亞洲人，特別是香港人，遭特殊目光及待遇，幾乎沒打成公敵，這是我們最深深不忿的——但已沒有回頭路了。

看法意德英美日東南亞……全世界，相繼被攻陷，強國蝗一機一機飛去，蹂躪、摧殘、破壞，一城一城的淪落了。

即使與世無爭的瑞士，旅遊勝地也得特設「亞洲專車」，把亞洲人、瑞士人和其他地區遊客分隔開來，「亞洲」？其實針對「中國大陸」，還用說？更別提好些文明先進或宗教國家，也給中國人特設「廁所」和「拍照區」了。

近年強國蝗到處跑，向所有人類展示不堪的一面，宣告大侵略行動，「居功至偉」也劣跡斑斑。

網上圖文並茂，他們自上飛機一刻已開始發功，動輒吵鬧、打人、滾地、潑開水、拒下機、索償、私自打開逃生門、偷竊、唱國歌……不唱國歌鬧事也是「暗」的，一唱「起來！不願做奴隸的人們……」，全「明」了，是一群在國內當奴隸當鶴鶉，袋中有幾個錢，到人家的地方，把人家當奴隸當鶴鶉去頤指氣使的中國人啊！若同場有香港人，當然「被丟臉」，難道如球迷般高呼「We Are Hong Kong」來抗衡自清嗎？

於是更別提在世界各地隨處吐痰、大小便、公眾地方晾胸圍內褲、塗鴉、「到此一遊」刻字、在噴泉洗腳、在溫泉「方便」、橫臥長椅、赤裸上身、公然大睡、亂扔垃圾、瘋狂掃貨、順便叫雞……財大氣粗的不光買廁所板、電飯煲、奶粉、尿片、小學生書包、名牌包包衣飾，更包括股票、房子、黃金、鑽石、古董、文物、土地——世上沒人鬥得過繁華得張揚的中國富豪和大媽。中國千萬別再有戰亂，像敍利亞之類難民潮，保證有不少比匈牙利電視台女記者更兇悍的人，向那批難民起飛腳，維護本土利益和尊嚴。中國人是逃不起難的了，這點要爭氣。

中國人慘痛的逃難潮也有好幾回，有外侮，也有內亂饑荒避秦魔掌。際此耀武揚威大張旗鼓的「抗戰勝利若干週年紀念」大閱兵放假三日，不少國民不去紀念甚麼抗戰勝利，反蜂擁到日本血拼。

有藝人忽然愛國激動流淚敬禮獻媚，有藝人不談閱兵網炫自家BB，竟遭逾六萬網民怒斥不愛國，逼得道歉最終刪去段子——但那些哈日的漢奸賣國賊呢？有人義正辭嚴地怒斥不愛國嗎？即使有，誰理得？過咗海就係神仙。

短途旅行的國家城市，不是爆炸、恐襲，便是登革熱、中東呼吸綜合症、颱風、暴雨、天災……還是選日圓低企貨物比較可靠的日本，喝水也不怕中鉛毒。

有人上傳幾張日本靜岡縣濱松站地下通道的照片，積水仍清澈如泳池，令中港台網民驚嘆，暴風雨積水都如此乾淨，除了偏執潔癖，還有民生教養的支持，日人愛國，愛國家一切人和物，不會讓老中青三代四代「享用」地溝油山埃水，中國大陸再抗戰七十年再活個七百年，也無法辦到——惟有跑到人家的地方把水弄髒，大家扯平。

我同文首的S、P、C以及所有朋友一樣，身在日本也身受其害——但與其充滿怨言，不如把它當作喜鬧劇看待吧。

我們鄙夷但沒能力改變事實，正因弱中自有弱中手，一山還有一山低。

我們瞧不起惹不起但躲得起，別人的劣行為甚麼要懲罰我們這些無辜者？還要生氣，多不值！

お願い Notice 请注意
名牌店礼品券
边走边抽烟
路上吸烟
罚款
一千日元
/次
Open
Close
自己打开
出租车门
タクシーのドアを自分で開ける
可使用
多种信用卡。
Various Credit Cards Accepted
告示的寺庙/神社，
严禁拍照摄像
民房(物)
中文的
菜单有。
歓迎光臨。
POWER UP!

处方せん
受付
免税店
本店为
優れた節電性と除菌&抗菌を両立!
¥74,580
Panasonic
商品はレインボーで
お買い求めいただけます。
Original gift sale at: RAINBOW
日本特产有售
铁轨边
拍照(摄影)
请勿戴着帽子
或墨镜进寺庙/神社
帽子やサングラスを
したまま参拝する
请勿在寺庙/
神社大声说话
社寺で大声で騒ぐ
请说
"Okini"
替代小费
OKINI
放餐厅鸽子
レストランのドタキャン
自带饮料进餐厅
乱扔
垃圾
ゴミのポイ捨て
罚款
特選品
¥127,440
10%ポイント還元

荒謬到盡頭就是戲謔，當隨時隨地都見到日本人「為人民幣服務」的對策時，也覺他們跪地飆豬嗰，不容易呀，但隨機應變順勢而行，就是人生。

從勸諭強國蝗別踩上馬桶的「正確如廁姿勢」，到專門為之而設的禮品券、銀聯卡使用站、「溫水洗淨便座」簡體字說明書、「在中國可以使用」保證書、「驚安の殿堂」特別樓層、免稅專櫃、中文導購員、飲水機……我們又見到最具代表性的「蹲姿」和二郎腿「翹姿」，發揚光大。

我常去日本。那些年逍遙自在地在京都大學上課，看書看劇看風景文物的日子，一去不返，無以回頭。

——但，當見到為強國蝗而設的《京都旅遊小知識》（http://kyoto.tralel/cn）簡體字版，教中國人怎樣遊覽古都，如何尊重神社寺廟飲食文化，有些甚麼禁忌和禮貌需要留意，不要插隊和穿鞋踩榻榻米，不要打擾藝伎破壞清靜之類，本來是出外者的家教、國教、個人修養公德衛生，何需提醒強調，甚至暗地懇求？實在是國羞。

「AKiMaHen」（請勿這樣幹。京都人是很循規蹈矩的！），一定是有人這樣幹了，所以「請勿」——看着，五千年泱泱文化大國？禮義之邦？有點悲哀……

秦俑展在日本

十．一國慶黃金周瘋旅事件過去了。中國國家旅遊局信息，一周總結，全國共接待遊客6億人次，累計旅遊收入5億元人民幣……這些數字駭人。

但現況更恐怖，黃金周之後人潮仍不絕，熱門景點如故宮長城西湖九寨溝（餘不一一）人山人海，插針不下，車龍延綿看不到盡頭，到處是紅色預警。

其實除了節日和假期，著名的旅遊區特別景點，永無寧日，有人群恐懼症的，一定會窒息。

此中極受歡迎，八方群眾蜂擁而至的，是西安秦陵博物館（含秦俑博物館和酈山園），遊客承載量為最高的65,000人。

即使在高峰期提早開館延遲閉館，那川流不息的六七萬人集中一處，熱情高漲，氧氣不足，連復活的秦俑也得再死一次。

我已很久沒到西安（甚至任何大城市，怕霧霾也怕喪屍般的人群，和假劣毒食物），但我對秦俑文物的認識較深，因為當年拍電影《秦俑》，當局支持，可以在館中近距離觀賞研究，該段期間的research，得到不少珍貴資料。

秦始皇陵和兵馬俑，位於陝西省西安市臨潼區，是世界八大奇跡之一。兵馬俑是古代墓葬雕塑的類別，最為珍貴。秦始皇（公元前259~210年）在13歲即位，已開始興建自己的陵墓，修建過程經其一生。始皇陵墓總面積達到50平方公里，是世上絕無僅有的帝陵。1974年3月陝西大旱，臨潼村民在挖井打水時意外發現兵馬俑陶塑碎片，及後經多次龐大工程，在科技仍落後的年代，考古、保護、照相、修復、排列……1979年各號俑坑才向國內外參觀者展出。

秦俑有將軍俑、立射俑、跪射俑、武士俑、軍吏俑、騎兵俑、馭手俑、馬俑、文官俑、百戲俑……工程今日仍在進行——但秦始皇狡猾又有遠見，怕逆反鞭屍，永不超生，本尊的下葬墓穴，有真有假，至今未挖掘到「真」的。

四十年來，他的幽幽地宮仍是埋藏了二千多年的超級秘密，黃土大堆，水銀遍布，深不可測，靜待有朝一日揭盅。

——但任何一個兵馬俑，已是珍貴文物，無價之寶。

每年世界各地都有秦俑的展覽，周遊列國，天價保險。每到一地，都吸引萬千參觀者，讚嘆不已。

當然，我們心知肚明，「出國」的只是部份文物，幾個兵馬俑，怎與俑坑原址地下軍團列陣之壯觀相比？差太太太遠了。

日本對秦俑這個題目一直極具興趣，研究也專注而深入，說不定是當年領數千童男女東渡尋求長生不老藥，終登陸日本（傳說中是紀州熊野的新宮）後繁殖之後裔，來尋根、招魂。

「始皇帝和大兵馬俑」特別展是巡迴展，由2015年10月到2016年10月，會場分別是東京的東京國立博物館、福岡的九州國立博物館，和大阪的國立國際美術館。

2017、18年又有另一批不同的文物駕到。而三地巡迴展覽，參觀人數以百萬計。

展出秦王朝的軌跡、始皇帝宮中文物、地下軍團永恒國度之兵馬俑、銅馬車……還有複製品列陣供參觀者拍照留念。

展出地點大阪市北區中之島4-2-55的國立國際美術館，是我一直想到之處，因為外形奇特設計大膽，看來很「不依牌理出牌」。

特別展
始皇帝と
THE GREAT TERRACOTTA ARMY OF CHINA'S FIRST EMPEROR
大兵馬俑
7・5 火 ▼ 10・2 日
国立国際美術館
THE NATIONAL MUSEUM OF ART, OSAKA [大阪 中之島]
「永遠」を守るための
軍団、参上。

大阪國立國際美術館

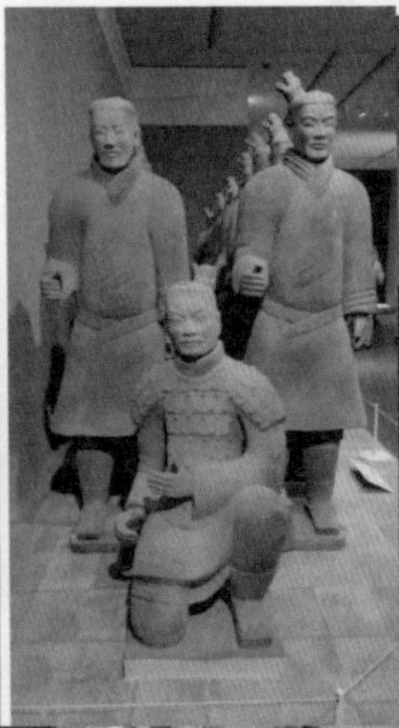

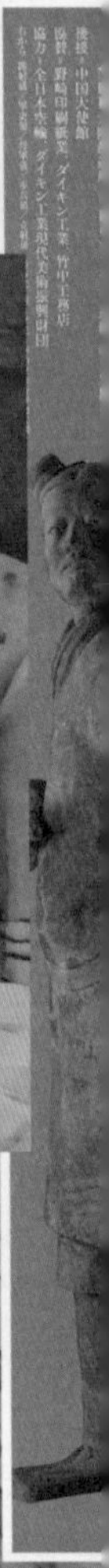

別館中的秦俑複製品

展覽廳文物

——它原來是1970年日本萬國博覽會的造型藝術展覽館，建館初期為了收藏保存日本當代藝術品，及不定期舉辦座談會和研究活動。因年久失修和某些原因，於2004年搬遷到大阪中之島，繼續推動當代藝術。

現時所見的建築設計靈感源於旺盛的長青竹子。其主體結構有相當一部份外觀是由地面伸延至半空，以鈦塗層不銹鋼管為主建物，如外露的錚鐵骨，也像雜亂中別有個性我行我素般傲立。

以當代藝術為主，但秦俑展鋪排得很細緻，雖沒中國原址宏大華麗，日本人也OK了，還排隊蓋紀念章。

我特地去參觀一下，地下3階展出百多件珍貴文物，是一個舊夢。

中國第一位皇帝秦始皇追求長生不老，但他死時不到50，還因佞臣隱瞞死訊，旅途中遺體給埋在鮑魚中掩飾臭味。

他那龐大的地下軍團原為來生所設，千秋萬世掌管天下，兵馬俑如活着時一樣，不戴頭盔，披簡潔鎧甲，戰前戰後大量飲酒，情緒高昂亢奮，殺敵神勇，建功立業。當它們被雕塑列陣時，軍兵原都手握實戰金屬兵器，金屬是當年貴重而稀缺的資源——但，今天，大家見到的兵馬俑都是「兩手空空」的。

有兩個可能：

（一）考古人員推斷，當年盜掘的人，破壞兵馬俑後，拿走貴重兵器，只剩下一些青銅箭頭和少量青銅劍鐵製品，而兵器中的木質部份，在地下埋藏了二千多年後，早已腐壞甚至化灰了。

（二）有人進入兵馬俑坑，還大規模焚燒……

時間流曳，往事已逝，縱沒灰飛煙滅，誰又不是「兩手空空」孑然一身地與世間作別？

人如是，物如是。

只有俑，雖死猶生，雖生悟死，支撐着它們的存在價值，冷視人間，既是歷史，又是文化，更是商機。

神話鬼話，等待追尋……

半截胡同、菜市口、法源寺

話劇《北京法源寺》是2015-2017年京華演藝界一樁盛事。首演及重演連滿22場，一票難求。

中國國家話劇院導演田沁鑫改編李敖同名原著，搬上舞台。後來專程在香港文化中心大劇院演出三場，亦叫好叫座。

沉痾百年的晚清帝國波譎雲詭，但又是明擺着的弱勢敗局——正是「天公無語對枯棋」，當中風雲際會但已煙消雲散的人物，數之不盡。此劇直擊戊戌政變百日維新中的人性，康有為、梁啟超、譚嗣同、袁世凱、光緒、慈禧……人人都有自己的立場和抉擇，也有無奈的蒼涼和悲壯。

北京法源寺，原名「憫忠寺」，是唐太宗為紀念當年同他一起東征高麗，不幸陣亡的將士所建，直到武則天在位期間才修好，距今已有一千四百多年。雍正皇帝後遊歷此處，將其改為「法源寺」，乾隆皇帝有感於歷史悠久，親題「法海真源」四字，刻成匾額，掛於大殿之上，流傳至今。憫忠對死者有情，法源對生者慈悲。

此書（原著偏歷史多於小說）、此劇（改編超越時空、角色，經過加工），以法源寺為核心道場，人物關係千絲萬縷，將僧俗、家國、君臣、朝野、夷夏、中外、強弱、忠奸、仕隱、去留、情理、常變、公私、人我、群己、鬼神、生死、因果……等一爐共冶。廟堂高聳，人間戲場。從 1888 年到 1927 年之間的歷史中，截取了 1898 年 9 月 11 日至 21 日十天之內的時段，濃縮於舞台方寸地，千年古剎作為見證。

我到過法源寺。

——其實對這段歷史的欷歔，在於我也到過譚嗣同和康有為的故居，十多年前，誤打誤撞，身不由己，追尋過這斬首的血路。

戊戌政變才不過103日，失敗。由於袁世凱出賣、慈禧訓政、與直隸總督榮祿動手了，把光緒皇帝囚禁於南海瀛台完全喪失自由，大舉搜捕變法派人士，康有為梁啟超逃亡保命，譚嗣同選擇了一個字：「殉」——被逮捕的「六君子」：譚嗣同、林旭、楊銳、楊深秀、劉光第、康廣仁，在北京菜市口法場問斬。

百日維新以頭顱落地流血告終。

「此等亂臣賊子，殺無赦，何必問供。」六君子在未經刑部審訊的情況下，身首異處，當中最年輕的林旭，只有24歲。

譚嗣同候刑時，曾題詩壁上：「望門投止思張儉，忍死須臾待杜根。我自橫刀向天笑，去留肝膽兩崑崙。」

當我走進北京宣武區半截胡同41號時，那「半截」二字怵目驚心，譚嗣同走了，他的故居是老舊房子，殘破雜亂，柱漆剝落，蓬草叢生，且已換了幾代的住客，或有過氣資訊，或帶短暫感慨，或對前塵無甚了解和關注，不知他是誰？只有大門跟兩座模糊的石獅墩，曾默視過故主身影，目送他的離去，送到菜市口……月夜回歸的烈士亡魂，踩着深秋黃葉，哀嘆無數人為她流血的中國，直到今時今日此時此刻，革命尚未成功，腐敗暴戾政權仍然是人民頭上一把刀。

譚嗣同（1865-1898）是湖南人，他父親的「大夫第」官邸在瀏陽，富麗堂皇，作為「官二代」，譚也想不到會客死在北京法場——半截胡同居停（當年的「瀏陽會館」），就在菜市口西側，生與死近在咫尺。

他在臨刑之前喊道：

「有心殺賊，無力回天，死得其所，快哉快哉！」

戲文中的「推出午門斬首」，午門是紫禁城最宏偉的門，也是宮殿的正門，也許午門前也斬過階級較高的死囚，不過真正的刑場是「推出午門」很遠的地方，遠至宣武門外菜市口（那時喚柴市口），斬首示眾，是羞辱也是威嚇，殺一儆百。

今日的菜市口已由鮮血淋漓的刑場，搖身變為現代化大街，有百貨大樓、電訊公司、學校、市場、小攤子、家政及法律服務中心——而當年，「王就是法」，一錘定音，一語定生死，無從抗爭，直送菜市口陰陽界，「出紅差」。

兩旁鋪面不少，市集旁觀無數，熱鬧非凡。不知如何，中國人偏愛殘忍的酷刑（如千多刀的凌遲）、殺頭，無「紅」不歡。他們懷着極大興趣和期待，喜孜孜地欣賞着別人生命被強制終止，慘烈噎最後一口氣，方揚長而去。

為甚麼是「紅」？

寺

宣武区文物保护单位
譚嗣同故居
宣武区人民政府一九八六年十二月公布
宣武区文化文物局一九九一年三月立石

半截胡同譚嗣同故居

菜市口刑場

話劇《北京法源寺》

送人上黃泉路，店號都以紅盤子備點酒菜，門前還掛紅綢子貼紅對子，算是送行積德，有報。

午時三刻到了，犯人見監斬官手握朱筆勾畫，紅籤甩下，一身粗麻赤紅行頭還裹紅頭巾的劊子手就位，扯開鬼頭刀上赤紅蒙刀布，就知大限已至，「喀嚓」一聲，人頭落地，滿腔熱血噴灑漫流，黃土青石一片紅。血光映天……犯人被殺，屍體運走，斑斑血漬被黃土泥塵覆蓋，爾後有小販在此賣菜，菜市生意興隆，若無其事。

半截胡同到菜市口之間，當年維新人士包括譚嗣同，住處都離此區法源寺不遠，他們常到此一聚，論家國天下事，談生死悟佛法，這古寺，見證了他們一見如故、各抒己見、愛國愛民、雄心壯志、分道揚鑣、從容就義……

譚嗣同殺頭後，有心人為他「綴元」，把頭縫合上，聊作全屍。這裏曾停有他的靈柩，寺廟住持在此偷偷為其亡魂超度，他一探故居，也就安然上路。

變法失敗，本有機會逃走，流亡海外——但他放棄了「生」選擇了「死」。又稱：「各國變法，無不從流血而成，今中國未聞有因變法而流血者，此國之所以不昌。有之，請自嗣同始。」

清代詩人龔定盦道：「落紅不是無情物，化作春泥更護花。」

晚清志士譚嗣同也悟「泥」，他的《似曾詩》寫着：

「柳花夙有何冤業？
萍末相遭乃爾奇。
直到化泥方是聚，
只今墮水尚成離。」

鮮紅的血，濃黑的墨，人人都是過客……

感謝不娶之恩

中國大陸（其實全世界一樣）影圈的男女關係潛規則，令人眼花繚亂，一段段情慾史，若非傳媒及網民爆料，誰玩誰也分不清，誰被玩了還不知道怎麼個死法，久不久便有熱門話題，很快被另一則花邊掩蓋。

某年某月某日，某名導演在微博上承認已和央視某女主播領證結婚，轟動一時。

拍拖結婚是兩個人的私事，我們全是局外人、旁觀者，所以八卦一下就算，哪有時間追看不捨？而且新聞日日新，更轟動的也許在後頭呢。

——只是在一些議論中，我看到了「感謝不娶之恩」六字真言，饒有深意。

其女友之一，據説與名導相戀五年，戀情圈裏圈外都知道，當年她曾自付賠償金推掉片約，零片酬加入他的電影，為尚未大紅的導演打響了名氣，電影好評，二人也成情侶組合。

不過即使身心奉獻，付出的亦竹籃打水一場空。二人分手不久，舊愛傳出婚訊，另一女子享受人家的勞動成果。圈中人比較同情她——但覺亦非損失，因為「新娘不是我」，不知是幸抑或不幸？或者是天大的幸運，一時間誰説得清楚？

冷眼瞅着世間悲歡離合，深感各有前因才結此果，莫羨人也莫妒人。放諸四海皆準的開脱，是當感情付諸東流之時，每個人更加看清楚身邊的前度，因為「緣份不夠」才沒走到白頭，也因為「此人不適合」，沒安全感，女方未能付託終身成家，所以不圓一個「嫁」字。

遇上對的人是幸運，遇上不對的人早日抽身而退更幸運。

thx!

而才花幾年便明白這個道理，不必花上一生去體驗，是最最最幸運了，否則到時血肉淋漓往死裏打，就不光是幾滴眼淚應付得了。

經此一劫，失意者都有機會有空間有位置，等待真命天子，還應該感恩。

這種開脱一來令當事人通悟、看透，並非「阿Q」自我安慰；二來，把心放後一年兩年，把眼光放遠一丈二丈，別為嫁（娶）而嫁（娶）。不抬頭看不到藍天，不低頭看不到你雙手所捧，痴狂熱戀也罷，是你的誰也搶不走，不是你的強握緊捏也無用，有一定的人生道理。

本港電視圈也有死心分手的新聞。女藝人已逾卅歲了，與武打紮星拍拖8年，雖期間先後跟拍檔及教友傳過緋聞，她最後還是選擇留守男友身邊。

不過男友事業一直無起色，不但撈極唔起，還拖累女藝人受盡壓力，被公司閒置，淪為大配角。「女尊男卑」的關係本就難以長久，但若男方積極上進，作好準備，機會來時便可發圍，否則拖拖拉拉，彼此不能互提一把，反一起下沉。事業欠佳心情自然受影響，爭執吵架也容易發脾氣，有意無意之間傷害到人，年紀已不輕，不知「等」到幾時呢？後來終遇上Mr. Right，當上賢妻良母。

有時，守得雲開見月明；有時長痛不如短痛，慧劍斷糾纏，快刀斬亂麻，亦重覓新生之道；有時則是製造分手煙幕，暗續地下情，都是眼前解窘方法。

那天與朋友下午茶，閒聊到一個我們都有點瞧不起的男人，他天生就一「麵瓜」（北方人稱不脆的變粉了的老瓜為「麵瓜」），辦事能力不高，也不積極進取開拓事業，早前女友見沒成家立業之前景，掉頭離去。他完全沒受教訓，仍是如常的一 pat 嘢——廣東俗語「一 pat 嘢」是多麼象形，還似乎帶着撻在牆角吧噠之聲，爛泥扶不上壁，習慣成自然。聽朋友形容加手勢，笑得我！

由此可見，女人可以自力更生頭頂半爿天，但仍希望男人愛護、保護、呵護、維護、栽護……護花無力算了，護己也乏勁？就不如甩手操般甩掉之。女人需要可信可靠的人共走人生路，否則便「感謝不娶之恩」放生了。

我在《蘋果》寫過一篇稿，提到故事一則：「從前有對夫婦，他們遇到了死神。死神說：『你們兩個只能活一個，你們猜拳吧，輸的就得死。』最後丈夫輸了。妻子抱着死去的丈夫哭道：『說好一起出石頭的。為甚麼我出了剪刀，你卻出了布？』」

我覺得這是現實，也是人心。一部份人自私，一部份人傻——但也是一部份人的報應，一部份人的慶幸呀。

所以妻子不必哭，也不必抱屍怨懟捨不得，因為在此之前，現實世界莫測的人心沒機會給她教訓，所以她會善良糊塗忍讓犧牲，過於寬容而不自知。但一場心靈考驗，一次算計，一下手勢，她便領悟真相，不必再與狼共舞了，以後一定遇到更好的。

有些朋友和讀者很認同，為本願自我犧牲的妻子吁一口氣，也祝福她的明天。

但，也有人不同意。他們認為有這個可能：丈夫一直深愛妻子，他很聰明，也了解到妻子一定情願犧牲自己來換他一命的，所以「先下手為強」，出了布，自己死，讓妻子活着。

「剪刀石頭布」有陰招，但也有很玄妙的濃情。

希望有這個可能，雖然太過樂觀也太過難得——但，我們真的希望有這樣的男人啊！

哥哥和弟弟

在一個熱鬧的公眾場所，看到這一幕：

最初是個年約7、8歲嚎哭的男孩，聲浪又大又惹嫌，且一直沒有大人理會，解決噪音問題。

原來不是無人看管的，父母在不遠處為另一小男孩買玩具，哄他開心，那小男孩約2歲，手抱，但也曉得自己受寵，面有得色，應是男孩的弟弟。父母一聽就知是大陸人，而且偏心得出面。哥哥失寵，嚎哭又吸引不到注意，雙目充滿妒恨。

——機會來了。

父母把弟弟抱來，着哥哥看護，然後不知去買些甚麼再回。弟弟喝着水，哥哥不哭了，覷準機會用力把水瓶向弟弟狂塞狂灌，把他嗆個半死，這回輪到弟弟嚎哭。父母回來一見此劣行，便是一頓打罵，人人側目……整個過程，沒有好好了解童心。這一家子，在沒公德沒教養的狀況下過日子，妒意一天比一天濃，恨意一日比一日深。

讓我嘗試分析一下心理：中國大陸計劃生育一胎化30多年，孩子都是驕子兒皇帝。那些被強打下來的超生嬰靈不知如何申冤？2013年當局啟動「單獨二孩」、2015年全面實施一對夫婦可生兩個……看年齡，弟弟是額外增產的真正驕子，難怪落寞的哥哥對入侵者仇視和報復。這是社會抑或父母的錯？

帶着微笑說5個字

中國大陸綜藝節目《演員的誕生》果然是個照妖鏡，評審導師和參加者都有大量話題。

最近又有黃聖依的「尷尬癌」。

黃因演出周星馳電影《功夫》一炮而紅，片中是個啞女，含情「默默」我見猶憐觀眾受落，但無後繼佳作。多年來她扛小三之名與富商楊子的緋聞欲蓋彌彰，終於結婚並育兩子（在2018年因崔永元爆料涉7.2億元逃稅風波。後事未知）。

「復出」的黃，演技大受考驗，肢體動作僵硬，台詞造作，忽然因孩子死了而駭笑尖叫，我看節目視頻也被此浮誇表演嚇了一跳，何況現場導

EVERETT

師？章子怡毫不客氣地批評：「我有史以來看過的最尷尬的一場戲。」其他評語也可想而知，不贅，總之「熱烈」得很。

黃在微博解釋：「第一次出演舞台劇的確有點『水土不服』……」——黃已出道13年了，還比不上初出茅廬的演員？這「水土」也真的不太適合。

身為「伯樂」但又與黃有過合約矛盾官司的星爺周星馳，被居心叵測的記者追問，他淡定（冷淡）地簡覆5個字：

「我跟她不熟。」

似曾相識？肥平在紐約因行賄、洗黑錢被捕，中港人人馬上與他切割，紛紛表示「我跟他不熟。」，連電話也沒有呢，哪來甚麼關係？

這5個字真好用，且可以帶着微笑說。

百鳥朝鳳

在寫這篇稿之前，我先在網上把好些嗩吶名曲給找出來一聽。培養情緒也好，靜心細賞也好，向這傳統藝術致敬。

最先欣賞的《百鳥朝鳳》，是嗩吶代表作，本為獨奏曲，也有合奏的，流行於中國山東、安徽、河南、河北等地。這樂曲模仿百鳥朝見最尊貴王者之和鳴聲（或爭鳴聲），旋律熱情、歡快、調皮、崇敬，還帶着「各展所長」的心態，常會在婚禮喜慶儀式上吹奏，有吉祥如意、幸福滿溢的寓意。

我們香港人，在電影或音樂會賞過，粵語陳片中也有「啲打佬」角色。它是中國民族吹管樂器的一種，由波斯傳入，很多古老的壁畫，有褪色模糊的嗩吶演奏圖。後廣泛流傳，明、清以來民間常見。

嗩吶真是好「民間」，少登大雅之堂，多以樂聲助興，因為其音色高亢嘹亮，音量大，在空曠之處或鄉村聚會，特別出色，過去的吹歌會、秧歌會、鼓樂班、地方曲藝、戲曲伴奏……都有它的身影。

嗩吶管身木製，成圓錐形，上端裝有帶哨子的銅管，下端套着一個銅製的喇叭口（稱作「碗」）。管身有八個音孔，由右手的食指、中指、無名指、小指，及以左手的大拇指、食指、中指、無名指來按，以控制音高。嗩吶藝人用嘴巴吹氣震動發聲，及各種技巧的運用、變化。如《百鳥朝鳳》演奏時，藝人就七情上面，肢體語言也隨百鳥身份、地位、特色、鳴音，有所不同，一人幻作百鳥，可見是「絕活」，實在令人感動。

我如此專注於《百鳥朝鳳》（2016年），除了因它是嗩吶代表作之外，也是已故電影導演吳天明的遺作。

跟進《百》片，有些傷感。

源於日前北京朋友發來報導，是著名製片人發行人方勵在直播平台上，公開下跪磕頭——他不是為了自己的訴求，而是懇請全國影院經理，為《百鳥朝鳳》爭取排片，也跪求網友幫忙傳播擴散，支持吳天明導演最後的作品。

《百》片與《美國隊長3》同日在中國大陸上映，排片量僅1.1%，上映一週才收三百多萬（人民幣。下同）。但《美》片票房已逾十億奔廿億的走勢，令口碑好但票房差的《百》片雪上加霜，戲院方面幾乎不予排片了，在中國，不予排片下場就是銷聲匿跡，沒有活路。方勵急了，激動之餘還有對電影藝術和情懷的執着，他「義跪」之舉，令影圈起了波瀾，排片率回升到3.7%。我跟進一下，週末週日繼續上升，票房已有三、四千萬——對比人家動輒X億X十億的票房收益，仍天淵之別，但方勵瀕危

「最後一搏」，沒有白跪，只是帶點心酸。

平情而論，《百》片發行困難，農村題材冷門、沉重，傳統藝術又日漸式微，片中連一個有票房號召力的明星也沒有，都是找貼合角色的、「對」的演員。台前幕後費盡心力上山下鄉的苦撐，為拍好電影，好電影得獎卻不一定賣座。

如同吳天明（1939- 2014）《人生》、《老井》、《變臉》（我很喜歡的一個戲，心靈之作）、《首席執行官》等片子，都是他堅持的中國情、中國風、中國氣派——只是這位西安電影製片廠頭兒，一手提攜張藝謀、陳凱歌、田壯壯、黃建新等人的「中國隊長」，始終敵不過「美國隊長」。沒向功利虛名低頭的吳天明去世，令影圈全人心情哀傷，其遺作如此慘澹，亦欲語無言。

幸好一跪喚醒了一些院商和觀眾，網上瘋傳也是資訊發達科技進步的成果，立竿見影的所謂「逆轉」，不算驚動，但也回光返照。

此片講述黃土地上新老兩代嗩吶藝人，為了堅守信念，產生了真摯的師徒情、父子情、兄弟情，也為了藝術心血的傳承，面冷心熱的黑臉老師父有他的矛盾和抉擇。

師父老了，也得面對人生必經之路。

《百鳥朝鳳》雖老，但它有一定的地位——原來，此曲亦與生死有關。婚壽喜慶，當然愛百鳥朝鳳之熱鬧場面；但這嗩吶名曲，亦是辦喪事時，對逝者規格最高的人生評價。

嗩吶送葬，道德平庸者只吹兩台，中等的吹四台，上等者吹八台。德高望重者，才有資格承受《百鳥朝鳳》。

這支高難度曲子，也只有片中領軍的高手，四方聞名的焦家班班主焦三爺（陶澤如飾）才能勝任。

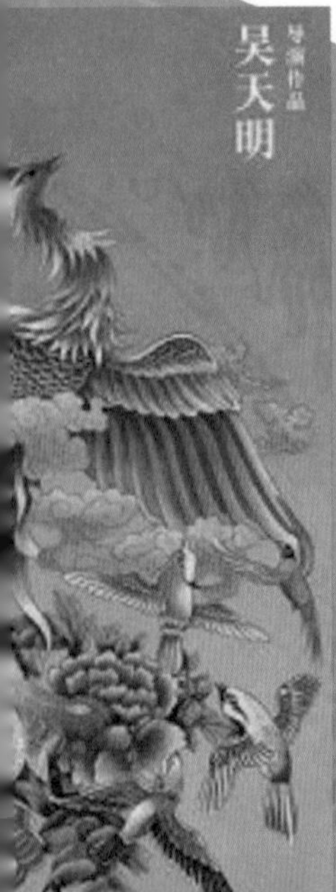

吳天明導演(1939-2014)

嗩吶

電影海報

這焦三爺也真牛。村長葬禮，村長兒子帶着家屬跪滿一院子（也是「下跪」，戲如人生，人生如戲！），想要班主給吹首《百鳥朝鳳》，焦三爺只是搖頭。跟手底下的人說，這個村以前有幾個大姓，他當了村長四十年間，幾乎只剩下他們姓氏一支獨大了，「這就是他的德行。」

村長兒子充滿憤恨但亦轉身走了，無話可說了，一切不言而喻。

一個人死了，再有錢再有權勢地位，他的是非功過，由一個嗩吶藝人來評判，決定他是否夠資格享用《百鳥朝鳳》一曲相送——藝人覺得不行，對不起這曲子，給多少錢，威逼利誘，哄也不行求也不行……

這是專業，是信念，也是風骨。本是中國五千年來特色，不過，今時今日，文化、藝術、道德、法治、自由、公義……已經消失了，一切政治化，而且，中國窮得只剩下錢了。

片中，三爺把衣鉢傳予「不僅吹得好，更是要把嗩吶吹到骨頭裏面」

的徒兒謝天鳴。

片末，天鳴（導演吳「天明」的同音名字）在焦三爺墳前，吹一首《百鳥朝鳳》送老師父上路……

你們以為《百鳥朝鳳》吹給誰聽的？吹給老師父？吳天明？中國電影？

中國人？

中國？

「買菜刀實名制」

其實「買菜刀實名制」非自今日始，過去中國大陸一些重要城市，以「保安」為由，亦有此強制措施。

在北京大型超市買菜刀均需登記，列明姓名、地址、身份證號碼、購買刀具的種類、數量、用途……

2017年這回「十九大」，特別恐懼、警惕，出招特別猛，居民不但要「自首」，還要「打印」，更要自付每件人民幣4元的打印費，否則刀具便被沒收。

「實名制」還有阻嚇作用嗎？債多不愁，蚤多不癢，中國大陸人民的手機、微博、微信、支付寶、銀行戶口、信用卡、戶籍、網誌……哪個不

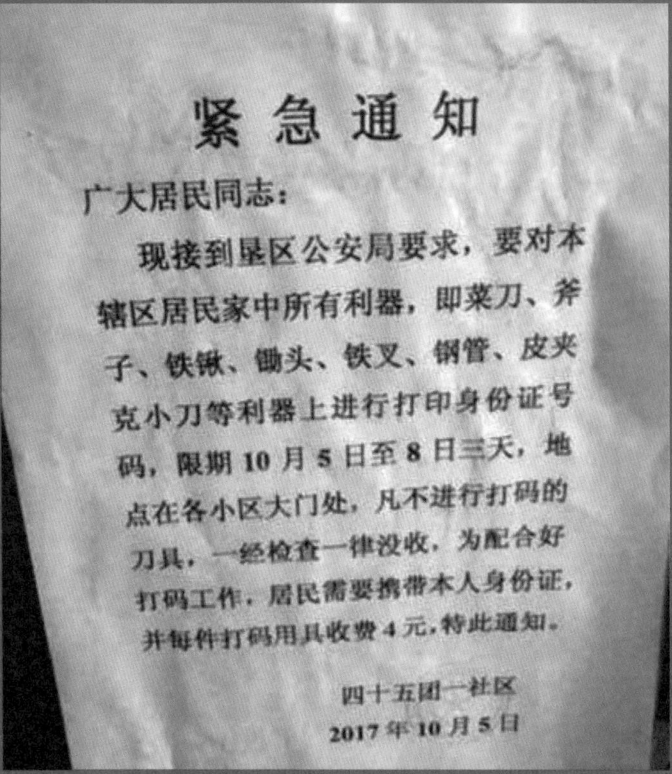
紧急通知

广大居民同志：

现接到垦区公安局要求，要对本辖区居民家中所有利器，即菜刀、斧子、铁锹、锄头、铁叉、钢管、皮夹克小刀等利器上进行打印身份证号码，限期10月5日至8日三天，地点在各小区大门处，凡不进行打码的刀具，一经检查一律没收，为配合好打码工作，居民需要携带本人身份证，并每件打码用具收费4元，特此通知。

四十五团一社区

2017年10月5日

是天羅地網的線索？

且遍地天眼逃不過。

菜刀登記了個人資料也不安全，就怕有人（唔熟唔食的賤人）來你家偷了刀，作奸犯科甚至殺人，末了勒索、嫁禍，那具名的菜刀給扔到公眾垃圾桶中，你也遭殃。

不過既然習大帝是牢牢管治中港澳，則國家熱愛的「實名制」就要進行徹底而精密了：——

大便要實名，誰拉的就拉誰；避孕套要實名，監控性安全；此外，所有危險品也得登記以便追查，如雨傘、摺凳、磚頭、消毒火酒、拐杖、LAN線、繩子、拖把、擀麵棍、通渠水、打火機⋯⋯無一倖免。

吸糞

那天抽空與朋友到新界一遊——有任何見不到政客、政棍魅影的放空假期，都不錯過。

陽光下出一身汗，舒服。

有人順口提到他親戚的職業是「吸糞」。為免影響胃口，飯後我才追問如何吸糞？

在港九新界某些村屋，污水渠不是直駁公渠到政府污水處理廠的，一般情況下，污水會先儲到地庫的化糞池，以前新界農村也有自家化糞池作肥料用，被滅村後當然亦式微。原來化糞池不是短期清理的，也「不化」，只是「儲存」，有些還儲上一、兩年（！），如不處理或遇災，便會滿溢甚至外湧，導致最低層用戶滿屋糞水。

本城有廿四小時 on call 的公司，專職廁所、尿盆、廚房、沙井渠、污水渠等的通渠服務，淤塞物有頭髮、尿石、奇怪的雜物殘渣。清理化糞池是用喉管吸走的。

記得看過一則「臭氣熏天」的車禍新聞：吐露港公路人車連環相撞，肇事原因有失控撞壆、看熱鬧、跟車太貼、煞掣不及……雖無人受傷，但其中一輛吸糞車喉管受損，大量黃色糞水潑灑地上，惡臭中人欲嘔，警方和消防員強忍，射水清理。

世上有不少「厭惡性」工作，你我掩鼻避過，但應對所有服務員致敬。而最需要「吸糞」的，是庸劣的政府班子，一車送走永不回頭。

「棍」字堆

為甚麼世上的政棍、狀棍、惡棍、神棍、賭棍……會歸入「棍」字堆？很好奇。我猜：——

（一）那個「棍」字，即廣東人所說的「昆」，又即689的政治光環「你呃人！」。大政棍呃人，盲撐以求名利權位的小政棍當然追隨呃人自保法，有料扮四條。

（二）「棍」泛指武器，有形的棍（如警棍）或無形的棍，都是攻擊性武器，代表一種惡勢力（殺無赦），向手無寸鐵的小市民進逼。

（三）「X棍」是貶詞，具行騙、恐嚇、忽悠、耍弄之意。「神棍」就裝神弄鬼騙取善男信女的財物；「狀棍」乃扭計師爺。中國人「生不入門，死不入地獄」，在官字兩個口的時代，好些狀師賴以維生，有良心的為民申冤，卑劣無恥的與官商鄉黑勾結欺壓百姓兩邊收錢。至於「惡棍」，喪失道德規範埋沒良知的流氓、地痞、黑幫、土豪、劣紳，當然恃惡行兇。

（四）「棍」在北方而言稱「棒槌」，民間婦女在河邊洗衣時捶打衣物用。而棒槌也喻男性陽具，中國有些名勝景觀，山石呈一柱擎天狀，例如承德便有「棒槌山」。但風吹雨打天然侵蝕，應有虧缺，所以就如粗口「X樣」——怎麼說都不是恭維。

猜得對嗎？請各界指教。

蜱蟲和螞蟻的「意義」

日前有一班山友，由馬鞍山行山至西貢，途經馬西石澗時，突有巨蟒從水中撲出，咬噬一名女山友腳部，將她拖下水中，幸數名山友勇擒制服之，事後放回林中。

女山友的長褲被咬穿，左腿留下蛇咬血洞，不過這條「好似大髀咁粗」，有20呎長的巨蟒是無毒的，否則後果堪虞。蛇結構特殊，嘴邊有縫，上下顎骨由彼此獨立的兩大部分組成，張開時可擴大至180°，比自身大幾倍的動物照吞不誤，人算甚麼？連野豬、牛、鹿、鱷魚、河馬……也成獵物，嚥後慢慢消化。

我最近做了點research，原來蛇再粗壯巨大健碩勇猛，牠的天敵是小如米粒的蟲子——蜱（音皮）蟲襲擊，群聚吸血，吸飽了血，身體會脹如黃豆甚至指甲般大，上千隻纏附蛇身（尤其頭部還鑽入眼睛），如冤魂不散日夜討債，愈生愈多，難以拔除，宿主受盡折磨，命不久矣。此舉亦為民除害。

當然，蜱蟲對付巨蟒，畫面恐怖毛骨悚然，也是負面形象。但世上最微小的東西，合力可扳倒龐然大物，這才是箇中「意義」。

如聚沙成塔、集腋成裘、眾志成城，眾口鑠金、團結一致，蟻多摟死象——對付共同巨敵，管你官商鄉黑警廉勾結，必須堅毅不拔，萬眾一心。

地鐵車廂的賤人

地鐵車廂有大媽剪完指甲剪腳甲，神憎鬼厭。現今人人都是狗仔隊，用手機拍下——但他們沒放上YouTube啊，可見話題性不夠，不及那些潑婦罵街、隨地大小便、情慾纏綿……比較刺激。

更刺激的所為，是把車廂當成私家地盤。

年前有對中年男女，自私霸道，擺開枱櫈作流動辦公室之用，旁若無人，枱上還有一袋壽司和飲品，車廂乘客漸多，均表示不滿，這對無恥男女還同人罵戰。

以為已是極品？不，近日將軍澳線還有四人開枱打麻將，肆無忌憚，令人側目——怎會有人那麼缺德賤格？而地鐵方面又怎會不知情？除非睜一眼閉一眼，多一事不如少一事。

那麼以後可以煲煙、煲飯、打邊爐、BBQ……公然挑釁，而地鐵一向只熱衷加價，哪有正視？

以為這已是超級人渣了？

不，比不上祖國強人。對比嗑瓜子、啃甘蔗、吮泡椒鳳爪一地垃圾還發飆的，最新上海地鐵悍女奪冠。端着一碗熱騰騰湯麵大口地吃，人家勸喻不理，對面有位女士看不過眼，拍照上微博，那悍女竟然過去，把一碗熱湯麵兜頭淋下去，且殃及旁邊男子也一身髒，之後揚長下車——劣行粗暴還燙傷人，強烈希望地鐵調監控查明此事，網民人肉搜查揪出此人，抓起來懲罰，才大快人心。

很難得到同情

「電騙案」停不了，又有人中招——也許這只是籠統名稱，當中有真敲詐堅勒索，假電話騙局之手法吧。

愉景灣一名四十多歲家庭主婦，月中接獲自稱「上海公安」的男子來電，指她涉嫌干犯刑事罪行，要求她到深圳開設一個銀行戶口以作調查之用……如此這般就騙走她先後存入約 1,000 萬元港幣，直至發現戶口內的錢遭人全數提走，如夢初醒，始知受騙——這個夢真酣了。

警方把案件列作「以欺騙手段取得財產」。暫沒人被捕。但此類騙案已擾攘數年，亦有人被捕，判刑。受害人難道活在深山老林不知世事也不提防？沒家人親戚朋友互通訊息？那麼好騙？一個師奶大嗱嗱調動千萬現金，真是富裕！羨煞貧寒香港人。

大部份人都接過類似的電話，操普通話，說你我他干犯刑事罪行？嚇唬誰？一定力斥回罵，看敢不敢再騷擾。

但好多中國大陸同胞，有師奶有商人還有不少大學生，動輒被騙幾百萬到千萬。

一聽得大陸公安恐嚇就驚怯，不是心中有鬼便是身有屎，心虛得馬上就範，反正黑錢是黑裏來黑裏去，背景被起底，說不定公安和銀行中人是共犯。

Sorry，這是你們的家事國事，很難得到同情。

丫鬟就是丫鬟

偶見CCTVB宣傳新劇《丫鬟大聯盟》。「大聯盟」是現代詞，但「丫鬟」為古裝角色，即使發生在古代，丫鬟結拜金蘭姊妹，也用不上如此擾攘的陣勢。劇名不倫不類。

《紅樓夢》中丫鬟數目眾多，有具型格特色，也有不少面目模糊，其一還委屈道：「梅香拜把子——都是奴兒。」

命中注定不是小姐，此生就奴婢終老。極少像《還珠格格》的金鎖（范冰冰演），現實中向上打拚攀爬，終於成了「范爺」，不圖嫁入豪門，她就是豪門了。雖然牽涉偷稅逃稅，但據說大有斬獲，身家X十億。不過在古代就得永遠金鎖下去，飛上枝頭？門兒都沒有。

大陸以前有個劇集《大丫鬟》，看過一兩集，水準不高，且丫鬟捧成女一，演技擔不起，名字也忘了。

史上出名的丫鬟首推紅娘，演過此角的都是周璇、芳艷芬、李菁……大明星，搶盡小姐崔鶯鶯鏡頭，但不管如何，她的命只為他人作嫁衣裳，自己沒甚麼故事。其他的衛子夫、春香、晴雯、襲人、林鄭……妹仔就是妹仔，妹仔大過主人婆？婢學夫人？得靠老爺或掌權者提升了。

傳媒報導，電視劇由「妹仔格」的黃心穎首度擔正——黃因條件所限，都是第二三線角色或噪聒是非精之一，說不上風格和演技，主打「丫鬟」？再觀對手，慳水慳力，門檻都幾低。

「無間地獄」生不如死

連日淒風苦雨酷寒，天天都見慘遭賤父毒母（繼母）虐死的5歲臨臨案件，實在非常難過。

睫毛長長相貌可愛的小女孩，生在如此複雜的獸性家庭，長期受虐遍體鱗傷，全身佈滿藤條、剪刀、拖鞋……造成的新舊傷疤，部份傷口還因腐爛未能癒合，不准見生母，不准上學，營養不良而瘦弱腹脹，死前還被人渣父母舉高拋擲頭撞天花板逾10次，捉住四肢搖晃，無被瞓地……簡直不是「人」的所為，「無間地獄」畫面實在恐怖。

醫護人員搶救無效，極力忍淚，千字文中道：「對不起，哥哥姐姐們救不了妳。」——小女孩全無援手，繼外婆是幫兇，校長、老師、社工、毒母那些知情的損友、鄰居……你們並無在發現情況有異時去救她。

審訊時有旁聽者大罵，二人低頭不語。憤怒中大家希望人渣受法律制裁填命，但香港沒死刑只有終身監禁，且不知判刑如何。

我忽想起一些看得心寒的書，關於滿清後宮酷刑，殘忍的不多說，有一種看似不致命但讓人生不如死的，就是掌嘴掌臉，太監宮女妃嬪受此刑，不是十天半月，而是「天天定時」由下人掌摑，臉脹掉牙，無法進食，不准醫治，今天受完明天同樣時辰再來，死不了但永遠好不了，以「無間地獄」還治其人之身，祝人渣長命百歲。

素材公社
素材编号 726102

無辜受害的小孩

近日虐兒案件屢被揭發，這些小孩（甚至嬰兒）都有被虐待、毒打、猛力搖晃、疏忽照顧、不能上學……的狀況，還生活在佈滿屎尿的惡臭環境，低溫天氣竟全身赤裸飢寒交迫——每次見新聞都感到不忍，即使人渣父母或寄養家庭成員被捕、判囚，但對小孩而言仍是烙印。

5歲臨臨受賤父毒母虐待致死，她的喪生（犧牲），間接喚醒社會關注虐兒慘況，小孩飽受煎熬，日子多麼難過！同類事件一直存在，仍有不少人渣，生活壓力也好，吸毒失控也罷，向弱勢幼兒發洩獸性——不愛孩子，何必帶到這世界再天天虐待？

大欖隧道某深夜時份，貨櫃車衝落山釀成1死4傷嚴重車禍，事發一星期了，現場一片頹垣敗瓦。意外慘死的年輕媽媽，上班前必會擁抱2歲半的兒子親吻，這回夜班收工後永別，兒子每日天真追問：「媽媽去咗邊？」——聞者心酸，為甚麼死的不是那些歹毒人渣？

見「蘋果日報慈善基金」（電話：29908688）有捐款戶口，我們會盡一點心意。還有，臨臨去世大家心痛，但她8歲的哥哥和7歲異母姊姊，都是無辜受害者，現今父母被拘押，家破人亡亦一生陰影，希望社會各界伸出援手。

知法犯法受包庇

行會召集人抽水，形容新任律政司司長鄭若驊「未坐穩個位就出事」——事實上「還未坐上個位已經出事」。

鄭在宣誓之前已被傳媒揭發涉嫌僭建，屋宇署派員查證卻不獲准進入。宣誓履新還未坐上去，存僥倖過骨之念，「米已成炊」再以歪理狡辯？但就政治道德而言，這是知法犯法，其身不正。今日個位不是穩不穩，而是配不配。

前任律政司司長強國猿任內沒做過一件公正好事，已遭港人唾罵，繼任者的誠信、警覺性、判斷力、承擔力備受質疑。

最有趣的，在此僭建爆煲關頭，鄭忽然公告「隔籬鄰舍」的男人是她「先生」。傳媒起底，這77歲的潘先生是工程界老大，2016年特首選委、有20年金屋藏嬌往績、前妻離婚官司中獲判逾7.6億元贍養費、曾捲入澳門歐文龍貪污案……夫妻各住相鄰獨立屋，靠一道暗門出入往還？情節引人入勝。

鄭是資深大律師、工程師、公職女王等等又如何？重要的是有沒有通過「品格審查」——高調力打僭建，引致唐唐墮馬689上位的林鄭，會否雙重標準？眼開眼閉，縱容及屈從知法犯法的下屬？

鄭厚顏一點就強坐此位，時間一久，不了了之，每天有事發生，便可掩蓋，只因港人「善忘」。包庇她的777微笑了。

司長何以擦鼻？

《蘋果》拍得僭建肆發言時用手擦鼻的照片。

不知是哪些狡辯時所拍？不過她拒到立法會回應議員質詢，拖拖延延，卻快速到電台接受（777自己人）訪問，可見心虛，全程歪理。

在自己人面前爭取「包容」當然容易過為種種荒謬行為解畫。作為專業人士、律師、工程師、公職王，竟可「求其」買樓：不看圖則、不知僭建、沒檢視按揭文件、拒答抬高樓價按揭套現……那麼名下還有其他物業，是否應一一查察以正視聽？

律政司司長知法犯法誠信破產已失民心，最恐怖的，是她聲稱購買物業時「沒聽過雷曼事件，落訂後才知道」——全港沸騰的雷曼事件沒聽過？

真是可恥謊言，他日上位，會否「沒聽過駐港解放軍、不知道9.28催淚彈、基本法、大律師公會改選……」？

心理學研究，人細微動作會出賣了自己的心。

大部份説謊者，常不自覺地不會直視對方，眼神閃爍且不停眨眼，以上已由林鄭演繹得淋漓盡致了。還有一個動作是伸手搓揉鼻子，因為説謊時分泌出腎上腺素，毛細管擴張，鼻子會痕癢，而大腦傳達訊息，人們下意識掩一掩嘴，順便擦一擦鼻，有的人還假意咳嗽掩飾呢。低端奴才班子，就是説謊者集中營。

何必「博大霧」？

有人到處呼救還在網上求助，關於網絡申辦「入台許可同意書暨入境登記表」出錯，如何解決？

這「入台證」（簡稱）申辦十分方便，且是免費的，上網填妥資料便可列印——不過，常有人不小心填錯護照號碼或漏了數字之類，一旦「確認」便不能更正，而且入台證3個月內有效不可再行申請。

網絡警告，若查驗資料不相符將無法入境……申請時如果適逢周五、六、日，沒時間傳真到台灣辦事處要求取消，馬上要飛了，原機遣返？多掃興！所以呼救求助。

我見網上不少熱心人士教路，有些叫他「博大霧」過骨，因為有時查驗不被發現便可，發現了，再辯稱自己不知，請給一個機會——或者今時今日，可以說「自己太忙了／唔為意／見唔到／旅行社代填時已經是這樣唔關我事……」

不要「博大霧」，填錯就填錯，認了，尋求補救方法。也許有點忐忑怕麻煩、費時，又過不了關，但在台灣機場入境處有個特別櫃位，你「自首」後補做港澳居民「落地簽證」（台幣X百元折合不到港幣一百元），我的經驗，那職員在填錯之處蓋印證明，還不收費放我走，煩惱一掃光。

違法會心虛，瞞騙只靠僥倖，好人好姐，何必「博大霧」？

「時辰未到」是安慰劑

近年韓片水準奇高，《屍殺列車》、《軍艦島》、《逆權司機》等不容錯過。

《與神同行》更大殺三方，是最受歡迎韓片，下集將於 2018 年暑假上映，《屍》片大紅的性格演員馬東錫演灶君，還有型男地獄使者隊長河正宇的前生，真令人等不及了。為了河君，很多 fans 重看一次。

《與》片同其他韓片一樣，影像悽厲，情節感人，在跌宕中另有所悟。主角配角處身在不堪的環境中，歷盡艱難、險阻、打擊、試煉……生死一線，希望與絕望折騰，回歸人性善惡是非因果。

《與》片穿梭陰陽界，還有冰山火海劍林激流深淵等七層地獄（怠惰、說謊、不義、背叛、暴力、殺人、天倫——次序依每個亡靈生前經歷而定），與中國的十八層地獄與十殿閻羅呼應，但在業鏡前濃縮為最後審判。

其實人同此心，來世上一趟，依依不捨念念不忘，但亦有恩報恩有仇報仇，希望所有作奸犯科，禍國殃民，貪腐舞弊，傷天害理的人得到報應，在結算之日付出代價。

信手拈來一例：如花少艾疑遭兩影圈大佬性侵，抑鬱失常多年的藍潔瑛，也寫過「好人有好報，惡人有惡報，若然未報，時辰未到」的句子。

或者，「時辰未到」是安慰劑。

眼神

早就對政棍發言沒多大興趣，都是廢話，並無個人意志，也沒自由思想率性表態的能力，皆人肉錄音機，政治機器。

不過，我倒很喜歡「欣賞」他們的眼神。

眼睛的神情，也包括眼光、眼力、眼色……別小覷這只有黑白二色的小圓球，透過此窗戶，流露本質，也傳遞信息，出賣你的內心世界。

有否發覺，愈來愈多高官、議員、公公、宮娥……總之建制派奴才，天天歪理護短的無良無恥，已令他們下意識地不敢望鏡頭、望人。

777一直以「鬼鼠眼」見著，每回發言，眼神閃爍不定左睩右睩，十分陰濕，所有劣策惡法無理DQ，都卸膊扮無辜。僭建驊一上場就因謊話連篇而氣短勢弱，不但心虛不敢望人，還低下頭扮寫嘢——不知是向天主懺悔抑或向黨交代？

至於某些物體，如劏房囤地走粉波，他常落力笑到見牙唔見眼，是「諂笑」，自卑又自大。湯渣亦飽學之士，原有江湖地位，但因有把柄又為自保，變臉變色後眼神也變了，帶着慾望也有幾分瞧不起自己。像鼠王芬之流（不止一個），媚主再慷慨激昂但眼神空洞無物。何君妖的眼神最犯眾憎，尤其是攻擊21歲周庭小妹妹時，似笑非笑好猥瑣。

其他的，讓讀者也一起分析……

《你的眼神》險被遺忘

看看昨天的《眼神》，忽地覺得不忿，究竟香港人作了甚麼孽，這些年來被政棍虛偽又歹毒的眼神，污染了視線和生活——幸好689已被DQ不必天天獻世，否則那陰險三白眼，仍是港人的噩夢，不過取而代之的「鬼鼠眼」，一樣難看。

嬰兒的眼神是世上最清澈溪流，最動人風景，因為嬰兒眼珠子特別漆黑明亮。江湖打滾兩面三刀的老奸巨猾，眼神當然隨心術而變得混濁，與被打壓的一代年輕人大學生，那種為自由為公義無算計敢於直視對方的澄明眼神，怎麼比？

不如偷空返璞歸真，靜心欣賞一下原始的《你的眼神》。這是台灣歌

蔡琴

后蔡琴原唱，七八十年代已成名的她老土、純樸，靠嗓子打天下。《你》由蘇來作詞作曲，個人專輯以此曲主打，1981年發行，好似七幾年時已冒起了。

「像一陣細雨灑落我心底　那感覺如此神秘　我不禁抬起頭看着你

而你並不露痕跡　雖然不言不語　叫人難忘記　那是你的眼神　明亮又美麗　啊——　有情天地　我滿心歡喜……」

含情脈脈，蕩氣迴腸，帶着優雅的忐忑。

險被遺忘的歌，險被遺忘的眼神。

我們曾經如此簡單、浪漫。

已砸「毒藥」招牌

子華神棟篤笑個人 show 無敵，但他是票房毒藥。

本年賀歲片，大家當《棟篤特工》座上客，熱烈支持，一來同期上映電影都是大陸化的續集，主角是「特技」，只有子華部戲主角是「特工」，有人味，要撐港產片。至於還有一部說也是港產片的，A貨活地阿倫抄正貨活地阿倫？沒興趣了。

《棟》片票房領先，場次安排也多，商業社會看這些，但這個戲，略叫人失望。

當然，它比其他吃老本又人民幣X億X十億票房的大片，是花過心思希望殺出血路，客串的明星是豪華團，星光閃盲你。不過看這個戲，有點悶，笑點密集但很多不大好笑。劇情是一個被DQ的頂級特工陳先生，因公忘私（讓因私忘公的777庸劣班子慚愧），拋下了新婚妻子佘香，欠下情債，廿年後在城中名人相繼失常事故中，重聚聯手查案……內容充斥毒L宅男巴絲打「本土」文化，並非每個港人都投入。

黃子華開show及演話劇一票難求，電視劇也有化學作用，部部都好正，電影就……可以說「稱職」，不過對「神級」而言，這表示「一般」。

益發懷念與他「水乳交融」的戰友Miss Mo（DoDo姐）。子期一去，伯牙碎琴——怎可能？要搵食，戲還得演下去。新年流流，先祝已砸「毒藥」招牌。

《棟篤特工》劇照

敏貞點數勝英九

每回到台北，即使參考過10天天氣預測，以為避過下雨——次次都中招！如果唏哩嘩拉暴風雨還痛快點，但陰陰寒寒那種，真氣人。

前總統馬英九卻在新年連日走春，電視上天天有其行蹤，長穿一件深藍色帽T，上印「KMT」白字，簡約又時尚，惹搶購潮——其實「KMT」是「國民黨」，年輕人沒深究或不知道呢？

「賣衣救黨」希望籌募款項，每件台幣799元，已熱銷到缺貨，要在黑市才買到。所以馬有點自high，對「馬英九拜廟走透透，KMT帽T大亮點」甚為受落。

原來香港也有亮點，就是大家都不知她（他）是誰的利敏貞（後來才

知是「她」），商務及經濟發展局常秘，在諮詢會上令人「驚艷」，忘了她如何寸爆CCTVB，只記得那一襲詭異霸氣的清裝，不是龍袍鳳褂官服壽衣，肯定乃「潮着」，配上小丸子狗牙蔭，這「倒眉版許冠文、抑鬱版阿Bob」，被上司邱騰華賜以十字真言：「着衫有亮點，講嘢有重點」。

這倒不止，一於以點數勝過馬英九好了：

「西太后欽點、夏蕙姨指點、照肺有黑點、條脷見白點、全身係Ｇ點、間唔中露點、最中意老點、689甜點、僭建驊盲點、777終點——下屆特首係敏貞ＢＢ喇！」

盡付一聲歎息

邵氏資深演員井莉（1945-2017）病逝，享壽72歲。近月去世的秦萍同屬氣質女星，不算特別漂亮（當然不如何琍琍般美艷親王），但以與眾不同的氣質取勝，一張臉告知世人，她們的個性和特色。

井莉說不上大紅大紫。她是山東人，出身台灣，父親井淼為老戲骨，在邵氏王國的影片中常見其精湛演技。井莉簽約邵氏，演過《船》、《雲泥》、《流星蝴蝶劍》、《馬永貞》、《天涯明月刀》、《十二金錢鏢》……但最令人難忘是《刺馬》（1973年），在此經典作品，狄龍（演馬新貽）手神俊朗亦正亦邪，與姜大衛（演張汶祥）對兄弟情深義重一片丹心的演出，是巔峯之作，井莉崇拜英雄，受不住權色誘惑，背叛了熱情草莽的丈夫陳觀泰，糾纏不清更起殺機。她長相清麗楚楚可人，為角色添加同情分，也是代表作。後來不少翻拍的影視作品，完全比不上張徹導演原作精彩，《投名狀》亦翻拍之一，成績不及，同一角色由徐靜蕾演，欠風采。

六叔走了，六嬸走了，不少當年的紅花綠葉也一一辭世，成為影迷的回憶——還有，記得當年紅極一時的李菁嗎？

60年代「亞洲影后」李菁（1948-2018），晚年孤寂潦倒且患癌症，倒斃鰂魚涌家中，終年69，但屍體腐臭才被發現，不勝欷歔。當年盛極一時的邵氏紅星，一個一個的與人間作別，似錦繁花終亦凋零。

其實李菁一出道就登后座，且經歷大風大浪大起大跌，人生閱歷豐富，雖說沉迷賭博散盡家財，還欠租霸屋……但像她這樣的藝人，有一定的內涵、滄桑、演技，能正能反，演個江湖大家姐必可壓場，「大明星」風範能有幾人？拒絕是因面子問題，認為「過去鋒頭早就出盡了」，今非昔比。

即使六嬸方逸華知她難處，透過中間人歡迎她重回邵氏，但回應要「先付片酬」，最終復出一事告吹——如果她復出，在影視圈佔一席位，就可治病、維生、振作，毋須朋友相繼伸出援手資助了。

好馬不吃回頭草，但因應時勢，好草不怕回頭吃。像深水埗明哥兩年前在大南街的茶餐廳因業主大幅加租，被迫搬往善心街坊結業後騰出空舖（平租）繼續經營——舊舖原來過去兩年大部份時間丟空招租，業主主動「翻兜」兼減租，明哥衡量過後便談妥，此乃天意。

復出或翻兜，都不是壞事，甚至雙贏。

但一切都是命。再見無期。

《三笑》劇照

李菁

井莉

《刺馬》劇照

全台瘋搶的東西

2018年2月在台北，凌晨02:28，睡床搖晃好一陣，心知是地震，不過也不特別害怕，以前試過。

馬上上網，知台灣東部海域宜蘭南澳5級地震，幸暫無災情，但波及全台，而身處的台北市屬2級。

停震後，繼續睡。翌日一看電視，吓？以為世界末日——怎麼台灣人瘋狂搶購衛生紙？網購商店超市大賣場，貨架上的衛生紙全被掃空，銷量為平日的十幾廿倍。

人手一兩袋（串），或出動一家大小推着多部推車搬貨，還有回頭客，塞滿通道和收銀線，叫我們目瞪口呆。

情況嚴重卻與地震無關，民眾囤積這生活必需品，因成本上揚，3月中價格漲幅在8%~30%不等，主婦們精打細算：每袋得多付一個便當錢！日後習慣了也罷，不過剛開始風吹草動，大家首先搶購囤積的，往往是最基本的東西，衛生紙不能或缺，現場有主婦還表示會把未來一年的貨先買了，找地方放置也頭痛。

其實最頭痛的在後續效應，衣食住行民生用品必會隨之漲價，別小覷薄薄兩三層紙——它就是先鋒。想一下，香港人遇到此苦亦一樣瘋狂，當年也曾「盲搶鹽」。

何需解放軍威嚇飛彈核彈武力陷台（港）？沒衛生紙用已亂成一片了。

特技喧賓奪主

從商業角度來看，所謂節慶賀歲大片，不管誰主演，都淪為「特技」的配角。

像梁朝偉的《捉妖記2》，老是跟空氣、模型做對手戲。每有妖怪場面，人人沒有交流只憑空想像，重金成就了兩部兒童片。

《西遊記女兒國》三句話就講完，故事格局小、丫鬟扮女王，卻弄成如此大陣仗的特技片，明明四師徒擔戲，為了烘托「傻白甜」愛唐僧，齊天大聖只能與惡女和變態佬配戲，真委屈。為填空檔硬插副線：「國師」（梁詠琪演）愛上了一條河，而那河神是不男不女平胸假面的特技版林志玲，搞到天翻地覆，林根本就毋須上陣，梁更悽慘，那個髮線後移的怪異造型，不忍卒睹——但片末已預告下回拍火焰山了。

大陸票房再不濟都是X億、十X億、X十億計，口碑下滑，特技喧賓奪主，這條仍是財路，但為甚麼不好好說故事，令人有一點感動？

有一部《妖貓傳》沒看上，因香港只上幾日（收22萬）已下片。在日本遇到，也沒看，它改名《空海》，電影在寺廟宣傳，很多老人以為是遣唐僧空海的奮鬥史便去看了，誰知是黑貓復仇的特技片，都看不懂，惱得向兒子孫子訴苦，年輕人放上網了，笑死！

目前，我最想看《1987：逆權公民》。

如果重拍林過雲

由於有消息傳出，林過雲有望獲假釋出獄，網民聞之譁然。疑雲陣陣人心惶惶之下，傳媒跟進，壹週刊 1460 期封面故事，讓大家重溫這恐怖的舊聞。

1982 年 2 月至 7 月期間，前曾犯過風化案的林過雲當上司機，於雨夜先後殘殺 4 名女子，把屍體肢解，並以手術刀逐一割下性器官，把過程拍成錄影帶及特寫照片，其他肢體則棄於不同地點。天網恢恢，他把菲林拿去沖曬時，經理認為相片可疑，暗中報警。

1983 年林被判處死刑，因香港已廢除死刑，翌年改判終身監禁，服刑至今 35 年了。

林超賢

邱騰華

壹週刊
NEXT MAGAZINE
1460
九巴資方
暴利真相
獄中近照
信基督
頻覆檢
雨夜屠夫林過

年近63歲的林表現孤僻陰沈，眼神詭異，生人勿近。看過他照片的人都不寒而慄。報載當年他樓下士多老闆還心臟病發嚇死了。

林積極爭取假釋，抄佛經、上宗教班（天主教基督教都上）、鑽研紫微斗數……不知這些信仰是否有幫助，即使頭髮花白稀疏容貌蒼老身形消瘦沈默寡言——但，港人對他「重返」很擔憂，誰可日夜看管？保證不再殺人？

《雨夜屠夫》電影由任達華主演。林韋辰、馬德鐘也似林過雲，不過最似的是邱騰華局長（即鳳袍利敏貞上司）。若拍到老，可以考慮光頭導演林超賢（《證人》、《紅海行動》）客串，對比封面照，都扮得吓。

（開玩笑而已，兩位請不要對付我。）

噪音精神虐待

有報導指藝人葉翠翠近年飽受樓上鄰居噪音滋擾，最初還啞忍，她有初生嬰兒，自己又懷有身孕，對方沒體諒，噪音依舊，令小孩日日驚醒孕婦焦慮易哭。

葉謂她找過管理員幫忙傳話，也曾上門反映，請教過律師、環保署幫手，亦無法可施，只得報警求助。傳媒實地測量噪音，聲浪真是折磨，這算不算第三方證人，警方好辦理？

作為母親，將要帶2個小孩，長期受到滋擾，身心俱疲，其實她沒甚麼特別要求，只想安安靜靜，也希望小朋友好好睡覺而已。減低噪音靠道德自律，易地而處，小孩是無辜受害者。

香港噪音問題煩人，很多人也受過這種精神虐待，只能忍到裝修完工回復正常。但亦有些是故意製造噪音的自私鬼，滿足心理陰暗面。管理處和警方都沒轍。

見大陸網上推介「樓吵剋星」：「天花震盪器」（「震樓神器」），是個裝在天花板的強力工業馬達，有時間掣且可遙控，啟動後讓天花板強力震盪，令滋擾者感同身受，安靜下來。這奇葩價錢不貴，不過以噪制噪，以暴易暴的報復，互相傷害，小心負上法律責任，又非血海深仇，當然共同解決，以和為貴——否則勞氣傷身，考慮搬吧。

起碼分清是非黑白

久未碰面的朋友飯聚，其中有當老師的慨歎：「真的很難教學生——不是說課程，而是在這是非黑白不分的社會，不知如何教他們做人處世之道……」

當然明白。我們的成長，父母老師長輩，教分清是非黑白善惡正邪，誠實正直，見義勇為，在別人有困難時伸出援手，不貪不欠，力爭上游……這些並非特別偉大，只是「基本原則」。

香港淪落，別說甚麼國歌法廿三條洗腦教育一浪接一浪了，只是貪腐、僭建、UGL、政黑勾結、無理DQ、官官相衛、媚主跪舔、利益輸送……已令人混淆。最奇怪的，煲呔曾兩次審訊未能定罪，法官竟判付訟費500

萬，且狠批他「安排」名人旁聽圖影響陪審團——幸好名人都挺身回應，自發到庭只望予以鼓勵和精神上支持，法官所言不符事實。鬍鬚曾「為遇困難朋友伸出援手是普世價值」，實為近期罕見金句。肥平、老懵懂、689……在庭上，會有這些念舊的支持者嗎？請得動、買得起嗎？

白的抹成黑，非的吹成是。3.11立法會補選，掛在筆架山上「反DQ齊投票」直幡雖被迅速拆走，不管選舉氣氛或某些候選人未必合意，但當手中仍可持有自由而理性一票，不要棄權，否則那些奴才便因「鐵票」佔位成了你的代言人了。

起碼，是非黑白還是要分清的。是否選得上則有各種因素。

粉紅篋的傷感

20歲潘女與19歲陳男赴台共度「最棒的情人節」，這是她在facebook最後留言，隨着幸福滿瀉的心心，失蹤了。

她的遺物，是個浪漫的粉紅色行李箱，旅店閉路電視拍得二人進房，那篋載物不多，陳男手提即起，看來奇怪地輕。

潘女失蹤後父親報警，親自赴台尋女，港台警方破案：陳男心虛，終承認殺了女友，藏屍粉紅篋（這回推着很重），乘搭捷運共經16個站，棄屍竹圍，再在其他地方棄篋，再獨自乘機返港。冷血又狡詐。

陳犯案後偷了潘女提款卡並提取2萬台幣，回港後再提取8,500港元。即使他招認殺人，但因是香港永久居民，港台目前並無簽署移交協議，故不可能引渡疑犯，只能落案控以兩項盜竊及一項處理贓物罪……

看報道，台灣當局派出大批警力在竹圍附近草叢徒步搜索，途中頻頻向死者喊話：「潘小姐，請快讓我們找到，送你回家。」說完不到10分鐘，就尋獲已腐爛見骨發黑遺體了，相當靈異，也十分傷感，才20歲，客死他鄉，脖子疑似遭徒手扭斷，還有身孕一屍兩命，這是甚麼「情人」呢？手段如此兇殘卻未能繩之於法，人人都耿耿於懷！

台灣媒體公開兇嫌照片都沒打格，最顯著的除了鼻側大塊黑痣，還有狠狠的三白眼，才19歲而已，如同捷運隨機殺人犯鄭捷（犯案時21歲，槍決伏法時23歲）一樣，很年輕但行事兇殘冷血。

潘女腐爛的遺體找到了，而那個最重要的證物：粉紅色行李箱，警方在中山區百貨公司後巷遍尋不獲。它幾乎全新（預謀？），並無血迹，恐怕被人拿走、自用、送人或拍賣，警方呼籲拾遺者聯絡——傻的嗎？新聞

鬧這樣大，冤魂不散，還使用或拍賣？

這類型粉紅篋，走在西門町或台北車站地下街，到處可見，很普遍。問某店員：「這真像新聞中的行李箱。」她道：「是有點像，但你可以挑其他顏色——」店內男主人忙強調：「完全不像，我們根本就沒賣那款，絕對沒有！」看來生意也受影響。

當然理解，正如二人下榻的旅館老闆，聲明是「善良百姓企業」，發生兇案，嚴重傷害商譽，經營更加困難，媒體高抬貴手才給小店一線生機——都是無妄之災。

處理屍體比殺人難

常見死訊，影后李菁、英國天體物理學家霍金、作家李敖……名人或小人物，有些是天年有些被殺：殺夫殺妻殺情人、父母虐死子女、外婆勒斃6歲孫兒……天網恢恢逃不過。

光在台灣，除駭人的19歲港男殺懷孕女友並藏屍行李箱「遊地鐵河」後棄置外，還有醋男疑女友偷會前男友，以刀劈頸猛力至刀柄也脱落……

嫂嫂（38歲）殺小姑（37歲）就更恐怖，新北市姑嫂不和，兄嫂又不願搬出小姑18歲起就負擔房貸的屋子，口角後嫂以啞鈴猛擊姑，後腦幾乎砸爛仍有氣息，遂按於浴缸溺斃，之後跑三家五金行買了30包水泥封屍，一個人形水泥墓塚就在房間內。

老闆因小姑三天沒上班，通知其兄才報警的，警方花2小時鑿開。其實一望即知有異，且屍水會自縫隙滲漏，發出惡臭，再多香精也不管用，是極愚蠢之處理。

殺人容易棄屍難。棄至隱密地區、藏在案發現場、藥溶、肢解、馬桶沖走、封在床底花槽牆內、剁碎餵狗、烹煮自吃或分吃……得迅速決定冷酷執行，因屍體腐爛不等人。如果一早明白處理困難，殺人前便多一重考慮，可是火遮眼，也遮腦。

同理，別說殺人那麼嚴重，衝口而出、率性而為、盛怒下任何言行都容易，事後收拾殘局，難！

沒春天也會有春晚

3、4月有年度電影節及影視博覽之類盛會，來自各地朋友相約一聚。大家吃日本菜品清酒之際，忽地人們手機不停有訊息，不知是啥熱火了？

很有趣。一個道：「怎麼剛出門，就沒有廣電局啦？」

全收悉：此日起中宣部加掛國家電影局的牌子，這表明以後中央宣傳部將「統一管理」電影的工作，把這一項從廣播電視管理局分出來，設置專屬機構電影局管理，全力實行電影創作、審查……規範化，主體、程序、內容以及行政許可等，都管了。

其實沒興趣深究，一直以來如是，以前領導略有權勢，現歸中宣部，是大莊家說了算，業者都被管到底。訊息真假流傳，不理。若被禁發，會出現一個大大的感歎號，無法查看內容。

未幾又有人道：「啊！連央視也沒了。」

原來黨堅持「正確輿論導向……牢牢掌握意識形態工作，整合中央電視台、中央人民廣播電台、中國國際廣播電台等，組建中央廣播電視總台，同歸中宣部領導。」

這些都不影響飲食男女。只是大家笑道：「咦，央視撤了，以後就沒春晚了吧？」

別傻了，習帝永續，春晚也永續——就算老百姓沒有春天了，一定還有春晚的。

後庭賞櫻記

曉明公：

聚散匆匆，念甚！

日前率領新生代小子上京拜候，見見世面，我與你二人私下密約相會，在玉淵潭後庭，漫步個半時辰，公園中菊花退讓櫻花綻，一片緋紅，上臉入心，令人神魂顛倒——我又試「袞十一」了。

「結伴賞櫻，特別、浪漫、戲劇性」，這十一個字又何袞之有？都是其他不入流不到肉的局外人妒忌而已。你我相逢在祖國的花海，你有你的，我有我的，嫵媚；你記得也好，最好你忘掉，在這交會時互放的光亮！

——不過，乾弟弟我是不會輕易忘掉的。

記得那老而不耀宗公公嗎？他強調一旦淨身就不能追悔，且午夜夢迴悽喊「結束一柱擎天！」，他認為即使你自閹入宮，亦會取消公公資格，他實在太過偏執，假傳聖旨亂嗡無為，拍馬屁拍到大腿上，錯過了「重點要害」，怎及你我心照共享？

我倆曾一起朗誦詩句：「春雨樓頭尺八簫，何時歸看浙江潮？芒鞋破缽無人識，踏過櫻花第幾橋。」

親愛的乾哥哥，雖然我倆早已沒了「尺八簫」，仍可相約來看香江潮，禮尚往來，到時我一定好好招呼你。人道一入宮門深似海，但我倆情誼比海深，重重宮牆擋不住後庭春色。

合影請珍重留念喔！

湯渣公公

拖後腿累街坊

近日中國大陸演員高雲翔涉嫌性侵，在澳洲悉尼被捕。不管任何國家地區，「明星加性侵」的醜聞一定會登上頭條。

香港人對高印象不深，因他是大陸模特兒投身演藝圈，高大有型的帥哥，家有美妻董璇，亦演員，在2016年誕下一女，小名「小酒窩」，現疑似二胎。

董與他合演新片自悉尼剛回國，高即發生性侵事件，比出軌嚴重。

高曾演出孫儷的《羋月傳》大紅，近日還有范冰冰的《巴清傳奇》。但澳洲官方消息數度拒絕二人保釋，後才以嚴苛條件准保（軟禁在澳洲所租單位）。看來35歲當打之年的男一，不管結果如何亦手尾長。據說澳洲刑事法例，性侵的最高刑罰為監禁10年，出軌也傷害了家庭妻女，還極度影響聲譽、形象和事業，誰敢找你？

高涉案，《巴》劇受牽連下架。早前，《巴》劇與另一大受矚目的X億投資《如懿傳》（光周迅和霍建華片酬就抱走逾億），兩方因古裝劇集份額限定，已各出奇謀，各耍手段：攻訐、檢舉、抹黑、錢權鬥爭、刪戲自保，好不容易《巴》搶上檔了，可是被豬隊友拖後腿累街坊，還有其他（後范冰冰又有偷稅風波影響）……

在中國大陸涉嫖涉毒被捕的，落網後翻身不易——不過罕見「性侵案」，一來娛圈潛規則心知肚明，二來錢和權可擺平一切，即使出人命。慾火焚身，丟人丟到海外去？自作孽。高若審判脫罪，牢房中一番折騰亦傷身傷心，一言難盡。

蜷川幸雄三回忌

日本舞台劇大師蜷川幸雄（1935-2016）逝世三周年追悼紀念公演，在中國首次演出《武藏 MUSASHI》。3月29日至4月1日共4場。上海的朋友擔任劇團接待，特地告訴我並請留言。

《武》是宮本武藏的故事，舞台劇於2009年初演，是蜷川幸雄名作，而他更是日本當代戲劇的代表人物之一。長女為知名攝影師蜷川實花。

他的作品包括希臘悲劇、莎士比亞系列等，我們熟悉的有《身毒丸》、《魔性之夏》、《青之炎》、《蜷川馬克白》、《蛇信與舌環》……

享年81，也是笑喪，但他的去世，震動日本娛樂圈，致哀者眾。他晚年身體狀況非常糟糕，還每天跟醫院請兩個半小時的假，帶着氧氣筒趕往

排練現場。大限將至，叮囑他一手提拔的演員藤原龍也：「我告訴你的每句話你都當作是遺言，現在聽不懂你就先記住，十年、二十年後你就會明白。」——得此要求嚴苛的大師把手相教，真是幸福。

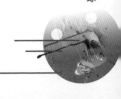

2008年，十年前的今天，蜷川大師把《霸王別姬》搬上日本舞台（東山紀之、木村佳乃主演）；我特地到大阪觀演，十分感動，也十分感恩。

4月1日是哥哥忌辰，漫漫歲月，茫茫人海，有緣合作相知，他們成就了小書，謝謝！

（後記：剛收到消息，北京國際電影節中《以你的名字呼喚我》，及回顧展的《霸王別姬》，因題材涉同性戀，被中宣部臨時禁映。）

放空，才可填滿

早前有好些藝人把發呆一分鐘的照片放上網，原來為第六屆「國際發呆比賽」宣傳熱身。

這由韓國行為藝術家Woops Yang於2014年發起的比賽，上屆在台灣舉行，並由港人勝出；今屆3月31日在香港比賽，為時90分鐘，登上「呆帝」寶座的是25歲中大心理學系的研究生，喜歡「諗嘢」——當時是專注於hea。

全程不准玩電話、睡覺、談天或大動作，這比賽不需特殊技能或技巧，但要有一定的能耐。當然活動是好玩的，也有話題，「發吽哣」稱帝？人生充滿希望。勝者未必出名，可能很快已成過去，因為hea完了，得收拾身心上路，繼續拼搏。

發呆的意義在「放空」，讓腦袋休息一下，現代人生活節奏快，工作壓力大，不少人情緒有問題，但找些時間空間，放下不快、恩怨、困擾、勞累、難以達成的期望、永不回頭的人……還有放下手機（這個太重要了！），暫停思考，全面空白，定有紓緩作用。

我本人是個發呆王，但不會刻意而為。因為我也許在「準備中」、「創作中」，癡癡呆呆進入忘我境界：放空，才可填滿。

發呆累了自然就要睡覺，不讓睡覺，發呆反成了酷刑。睡醒了又是新的一天。

10
17
9

虎媽與討債鬼

台灣藝人狄鶯和孫鵬獨子，18歲的孫安佐在美國出事了。二人為了營救愛兒，奔波勞累還得籌措巨款。官司嚴峻，因涉美國恐攻。夫婦把希望重托在「最好」的律師身上，收費當然天價，是塊數千萬至逾億（台幣，下同）的肥肉。

房子以1.3億求售，也面對被砍價的現實——不惜代價燒光老本，救得當年算命師所批的「討債鬼」嗎？

孫安佐去年8月赴美唸天主教高中，是名校，但近日揚言要帶槍掃射校園，觸動警方神經，後在他寄宿家庭（座落品流複雜治安欠佳的中下層非裔集中區，Home媽是個黑人律師），搜出槍枝、軍用防彈背心、強力十

我就這樣子一踹

字弓……以及1,600發子彈，夫婦救子辯稱是「萬聖節道具」，人家Home媽原助藏匿也轉作證人了。案件審訊進行中。

大家不認識狄鶯，她是台灣歌仔戲及電視劇演員，也主持過節目，口齒伶俐嘴臉兇悍，生子後極度寵溺，是個望子成龍的麻辣虎媽，不過其管教方式亦受爭議（例如嫌同學家吃稀飯寒酸不准交往）。

台灣命理師全冒出來，推算這孩子是來討債的，或前生愛恨糾葛今世要還之類花邊。

——但有些是實實在在的翻舊帳。潑辣霸道的狄掌摑過多位忝星弱女如張玉嬿、謝麗金……有一回還在電視節目中談到藍潔瑛。傳聞藍曾遭兩影壇大佬強姦後精神失常，但狄卻「表演」當年英姿：「我把她堵在電梯口，一腳踹過去她就飛好遠，因為我很有力氣，然後她就痛得捂着肚子蹲地上流淚，我看她沒有反抗，本想繼續再踹，不過當時有人勸阻才收手。」

動粗還眉飛色舞地炫耀？此人囂張、卑鄙、惡心。年約1992，當紅的藍被TVB雪藏，到台灣拍劇集《半生緣一世情》，地頭蟲譏她耍大牌也因妒忌攻擊，異鄉打拼的藍為討口飯吃忍氣吞聲……她命途多舛，縱不施援手也不該落井下石。

有師傅道：世人種因得果，沒報在己身，報在最愛的人身上，那痛苦是千百倍的。信不信由你，怕不怕由他。

「天下為公」也圍攻

上 FringeBacker「獵狼行動」網站一看，眾籌 200 萬很快達標，估唔到反應咁勁！

這項運動由民主黨林卓廷、尹兆堅、吳思諾、鄺俊宇發起，籌款目的在支付與追查 689 那 UGL 5,000 萬懸案相關專業費用，帳目及進展，在香港、英國、澳洲等海外地方進行蒐證、提控等……

港人最清楚，689 UGL 事件，三年多來受當權者及建制奴才護短阻撓，還有禮義廉的豬頭鼎打龍通妨礙調查，引起民怨公憤。這行動早就該發起，不過現在也不遲，反正種因得果，有理有法有報應。大家希望作奸犯科貪腐托庇，叛離廉潔公義者，終被繩之於法。當然也明白，他們是議員律師，

FringeBacker.

Holdings plc的協議。根據該協議，梁先生於其任職期間收到約5,000,000港元款項。這一事件引起了社會對付款性質，潛在利益衝突，相關利益申報製度和稅收影響的擔憂。

事件發生三年了。在此期間，梁朝偉曾公開答應配合立法會就此事進行調查，但最後他缺席必要的聆訊。迄今為止，相關執法機關尚未起訴梁朝偉。

我們發起這場運動，募集資金並收集人民的良知和力量，以支持對上述事件進一步調查。

不能取代廉署及律政司執法，盡力而為吧。

大前提「天下為公」其實可成為一個長期抗爭之總題，這回是其一。有建議「殺破狼」，不過「七殺、破軍、貪狼」是紫微斗數中一種命格，與「天煞孤星」並列為兩大絕命，殺氣大但此中沒有動詞，「獵狼」（Wolf-hunting）合適，且「天下為公」可作「天下圍攻」，集中念力、能力、聚眾聚焦，中狼死穴。

眾籌多多益善少少無拘，小市民全有份參與。

（又，一度見網頁中譯版本，梁振英變了「梁朝偉」，怎可梁冠梁戴？好笑！後來已更正了。）

殺人後舞照跳？

荃灣工廈「石棺藏屍案」發生在2016年3月，現2018年，案件高院審訊中，不作評論。

只據報導，三名被告28歲、23歲、25歲，控罪指前年謀殺28歲男子，殺人三部曲是哥羅芳迷暈、注射酒精因仍有呼吸故加重劑量、水泥藏屍。而頂證各人罪行的污點證人，是曾一起着草逃到台灣的女子小草。

據説首被告欠死者500萬元；首被告又指死者欠他錢，殺之可得3,000萬。行兇目的詭異，他們自稱跨國犯罪組織「THERE」成員，殺人後有2,000萬美元獎金……（都是作大）。

三人一同構思殺人，之後商議處理屍體，例如放血斬件、塞入沙發、塞入雪櫃或大櫃、用水泥遮蓋，扔入大海……最後因「石屎棺材」太重，電梯超載，惟有抹乾沿途血水將之推回單位，屍體被封又扯不出，只好棄屍潛逃。

警方在超過兩星期後才發現屍體，如嬰兒般蜷曲，開始腐爛分解，四肢與身體分離……光是「白描」已很恐怖。

人命關天，但過程透着荒謬和兒戲，這些全是廿多歲年輕人，何以動輒與數百萬以至數千萬扯上關係？殺人後，次被告仍有興致，翌晨6時許飛新加坡參加跳舞比賽，二人則留下繼續買水泥藏屍。

近年邪惡又冷血的命案愈來愈多，父母愛人照殺，香港已變妖城鬼域……

有樣睇、冇樣睇

先說件有趣之事：有梁朝偉 fans 託M向我道謝，因我幫她偶像平反，不致與 689「混淆」。事緣「天下為公」獵狼行動 FringeBacker 的中文版本，「梁振英」變了「梁朝偉」——手機有自動跳至中譯裝置，所以發見錯誤即提出抗議。梁朝偉是我喜愛的演員之一，怎能蒙受此冤？後來更正了，忠心的偉粉才吁一口氣。

M說：「也不會『混淆』啦，有樣睇，689 點演《一代宗師》？」

「都得㗎，他的金句是『（港人對 UGL）念念不忘，必有迴響』，迴響到了。」我笑。

當然 689 奸相「有樣睇」，不過亦有「冇樣睇」的：「石棺藏屍」三名被告，一個似黃子華、一個似羅冠聰、一個有少少似羅仲謙，廿幾歲，貌斯文，竟是殘酷冷血殺人兇嫌？看不出。

——有些則不管有樣或冇樣睇，都得小心提防，就是某些南亞裔人士，膚色眼神衣着言行一望而知，且不少是「酷刑聲請」之假難民，愈來愈多，來港為黑幫當打手、刀手，他們吸毒、販毒、偷竊、搶劫、強姦、搗亂、打鬥、殺人……是治安毒瘤，最近一宗扑頭搶劫，受害的阿伯頭破血流，送院急救。

光天化日亦避之則吉。並非「歧視」，一竹篙打一船人，若半船都是，你們就拿不起竹篙了。

香港電影金像獎

第37屆香港電影金像獎頒獎典禮在2018年4月舉行，本屆令人感觸的是：不知明年景況如何？亦懸疑。

政協成龍曾聲言，再無「香港電影」，只有一種電影叫「中國電影」——事實上中央在影視網絡一把抓之後，也無所謂「中國電影」，只有篩選後「黨的電影」。

今年還有好些拍得不錯的香港電影，而賽果亦實至名歸，特別是葉德嫻和姜皓文得男女配角獎，古天樂稱帝當然是拼搏加累積分數，而毛舜筠不止《黃金花》演出精采，她以前屢獲提名卻一一中空寶，金像獎「欠」了她，現在這位最大的債主得獎了，雙方都鬆一口氣。此片的自閉兒淩文

TFI

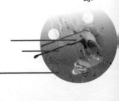

龍也得新演員獎，對手戲十分動人。

頒獎嘉賓表現參差。不過年年都鏗鏘敢言的黃秋生，與古天樂均支持且尊重香港電影，認為港人團結，做好自己的港產片最重要，不知是否摑了政協一巴？還有泰國打星 Tony Jaa 及印度影帝阿米爾汗都是意外驚喜。抗日背景的《明月幾時有》得最佳電影獎，此片沒甚麼香港味又多禁忌，算不上香港電影。

在金像獎大會中，學到「過猶不及」嗎？事情「做得過了頭」，如同「做得不夠」一樣，都不合適也招來非議。當然，如何恰到好處是修為。

紅地毯往往是造型時裝展覽，人人各出奇謀，一些具個人風格，一些堆砌吸睛，一些歷練少，一些用力太多。

今年有不少新面孔，見見世面，即使叫不出名字也可留作個人紀念，所以十分性感，但貪心 over 了，也有露暈或夜店打扮。部份穿飄逸花裙子，充滿春天氣息，幾順眼。

全場叫人驚艷的真是「艷」，70歲的葉德嫻銀髮紅裙，優雅又搶眼，本屆她以鄉土老婦豁出勇氣一角奪獎，演完了爛衫戲，又是華衣風範。毛舜筠晚裝黑襯金，沒多也沒少，好靚！兩位壓場功力，在於從容又雍容。

嘉賓中傳媒報導最少的是當年新浪潮大導演（6位説成7位？嚇人！）他們各有佳作，但當晚上台，部份長氣譖氣冇point，還用相機（！）狂拍，有點「維園阿伯feel」。其實發言精簡，字字珠璣，84歲的楚原大師便是整晚最精采環節：他獲「終生成就」獎，經歷興衰起跌歡聲淚影，對人生已臻化境。回首往事，「不因碌碌無為而悔恨，不為虛度年華而羞恥」，無負此生盡付笑談中，致辭語重心長，是無價寶，令多少人泫然。

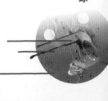

《陌上花開》

本屆金像獎最佳原創電影歌曲是《沒聽過的歌》（《大樂師．為愛配樂》），主唱鄭中基，很好聽。而個人心水，我喜歡《陌上花開》（《相愛相親》），主唱譚維維。

這兩個戲都沒看過，因為冷門電影場次少映期短，一下子就錯過了，從口碑得知，各有感人之處，而且籌拍都有困難、辛酸——人生總是不如意、不甘心、不認命的多，歡樂和得意的機會少。努力過，堅持過，起跌過……日子漸冉，人人都是楚原——但人人都曾把心願降格到「享受過程」、「珍惜合作」、「無悔此生」。咦？某些電影票房60億人民幣與我們何干？是另一世界之事，無謂奢想。

說回《陌上花開》，譚維維（1982-）是中國著名歌手，唱功渾厚而滄桑，第一次聽，有「驚艷感」。

愛此歌有其他原因：「陌上花開，可緩緩歸矣」這句話，出自吳越王錢鏐給他回鄉探父母的夫人一信，寓意為「田間阡陌上的花開了，你可以一邊賞花一邊慢慢的回來，我在等你……」南征北討武人的思念，情真意切。

曲詞是：「陌上花開　不忍不開　等浪蝶歸來……不敢期待　只有等待　聚散離合　沒該不該　誰也沒欠誰的債　只要還我一顆塵埃……」無奈，此歌在本屆金馬獎也輸給大佛。

張學友和通緝犯

全國皆小腳事媽狗仔隊，全民受監控的狀況，早已在中國大陸漸進覆蓋，有用支付寶嗎？實名登記購票嗎？手機、微博、信用卡……已鎖定，還有天網監視器、人臉辨識系統等，無處可逃。

先說些題外話：關於歌神張學友。他在台北小巨蛋舉行尾場演唱會，紅星好友拉隊赴台捧場、聚舊，星光熠熠，可見其魅力。

而他更驚人的魅力，是由一名通緝犯作證的。

學友在台北站後，他的經典世界巡迴演唱會已達157場，並按計劃邁向200場大關。查行程，排到2019年1月在香港紅館作結。

4月上旬他在中國江西省南昌市舉辦的演唱會，很多粉絲誓死搶票一睹風采，5萬多張門票9分鐘內搶購一空。茫茫人海中，有個31歲敖姓的經濟通緝犯，被警方一下子在幾萬人中揪出來。原來演唱會場地架設的「天網」發威，每個進場的人都被人臉辨識系統掃描，馬上顯現相關資訊，故鎖定目標在看台上抓捕。愛學友愛到以身犯險的通緝犯，高價託人買票還從小市鎮開了一小時的車到南昌，以為人頭湧湧好安全，被抓時一臉驚詫——如果事先知道就不會來了。

而繼南昌後，還有贛州、嘉興等城市的演唱會，先後有3名逃犯「逃不了」，張亦被封為「逃犯剋星」。

天網恢恢，疏而不漏。遍佈中國各地有逾二千萬個鏡頭，是不分善惡好歹正邪，一併監控的。日後香港呢？

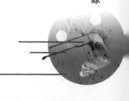

「伸、手、板、要、錢」

看葉劉動議譴責立會搶狗仔隊手機的許智峯，建制奴才眉飛色舞歪理盡出，借機欲置許於死地，卻無視那過份的監察、監控……

如假博士碌葛：「有這種議員真係悲哀。」漏報利益的殺無赦何君妖：「如果我係你，辭職！」最愛在議會中睡至昏迷不醒的象哥：「你對得住你父母甚至對得住選你嘅人咩？」……（餘不一一）。這些其身不正的舉手機器，何其厚顏無恥！真歎為觀止。

當然我們都認為搶手機是失智失控的行為——如果我被人搶手機，也有點失措。有一回忽然發現手機不見了，背包中遍尋不獲，馬上心念電轉血都涼了。幸好最後找回，珍之重之。

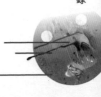

手機已經成為現代人靈魂和肉體的一部份，亦狗仔隊搵食工具，不監察跑腿，如何對得起ＥＯ月入六萬元以上的高薪？

我們在噩夢中失去錢包、手機、明天要交的功課……周公解夢謂「夢是反的」，預示不虞經濟，將會升職，起碼不要悲觀。但在心理學而言，這象徵個人身份、金錢、地位、慾望、人際關係、工作壓力和困擾，欠缺安全感，擔心失去。放諸現實，更加要小心。

大家急着出門時為免丟三漏四，有個簡單口訣「伸手要錢」：身份證、手機、鑰匙、錢包——因我也用平板電腦，所以改為5字訣：「伸手板要錢」。

扮完百姓扮死狗

汶川大地震，是天災更是人禍，多少冤魂死於豆腐渣工程。

明明是「國殤」，反而成為當局粉飾的「感恩日」；明明各界數百億捐款目的在救災和重建，卻肥了一眾貪官污吏；明明是受害人，申訴無門還被打壓、滋擾、監控、扣押、滅聲，甚至打進冤獄；明明是採訪記者，卻遭不明人士驅逐、誣陷、跟蹤、拳打腳踢……

十年過去了，豆腐渣工程和所有貪腐內幕被當局隻手遮天——雖阻不了有心人對真相的追尋和揭露，他們卻被暴力毆打。有線電視的陳浩暉頭部腹部遭重擊膝撞受傷，手還被外扭，看來訓練有素。但這兩個兇神惡煞的男子自稱「老百姓」、「死難者家屬」，心情悲痛才出手云云。

暴力事件鬧大了，村民和家長認出兩人為「村官」，而打人者更被當局安排扮死狗道歉，所謂死難者家屬身份也露餡了，作賊心虛，欲蓋彌彰，可見當中黑幕重重，牽一髮動全身。

香港記者因公遇襲，身在四川的林鄭不敢要求問責，因為她也在「感恩」中。

惡形惡相有背景人士，混進老百姓當中「執行任務」，毆打記者、學生、市民，分化示威人士……經歷過雨傘運動等等的香港人，沒領教過嗎？

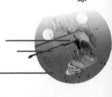

空洞的通稱

五天內已有三宗香港記者被圍、被襲事件，在中國大陸採訪常有莫測的暴力，太不安全了，我們得向身陷險境的傳媒致敬。

第一、二次，四川汶川地震10週年，有記者被包圍，香港有線電視記者在當年重災區之一都江堰採訪，遭假冒老百姓的黑白雙煞惡村官毆打，他們被當局「抓到」，扮死狗：「對不起，老師，對不起，非常不好意思，我真誠地向你道歉……」到了第三次，香港「now 新聞」駐北京攝影記者，在採訪中國維權律師謝燕益時，遭多名便衣公安壓倒在地掐頸鎖喉，頭部受傷流血，還被扣上手銬，帶回派出所關押了2個多小時，被迫簽了悔過書才獲釋。這回不是為掩飾惡行還有點「不好意思」，而是奉旨暴力打壓還要受害人道歉。說不定得反過來稱他們為「老師」。林鄭不敢譴責。

有些人見到「老師」這稱謂莫名其妙，其實近年已是大陸一個空洞的通稱，一般年紀比你大，有點成就、地位的固然稱老師，具利用價值的也是老師，順口溜。我們若收到陌生人聯絡，一聽「老師」就知是大陸人，教不了也受不起，無謂啦。

一個並不尊師重道，只為政治目的批鬥父母打倒師長狐假虎威的國家，何以那麼熱衷人人稱老師？非誠勿擾，非誠也勿師，見醜惡村官演場戲也老師前老師後，噁心！

脱衣脱褲強國女

只有在中國才那麼有趣：內地流傳一段影片，一名又肥又醜又惡的女子，在地鐵車廂中與男友吵架，女子要他下跪道歉，乘客見狀紛紛迴避，男友為安撫之，跪了。

誰知返回座位後事情仍未告一段落，「梅開二度」，她又再逼他下跪。乘客看不過眼，着男方別讓得逞……

女子當眾脱下褲子，高呼：「你跪下來、你跪下來，你跪下來就沒事，跪下來就沒事！」

男友見丟人，無奈再度下跪。奇特的是女子滿意了，坐回座位竟也不願穿好褲子，若無其事繼續玩手機。

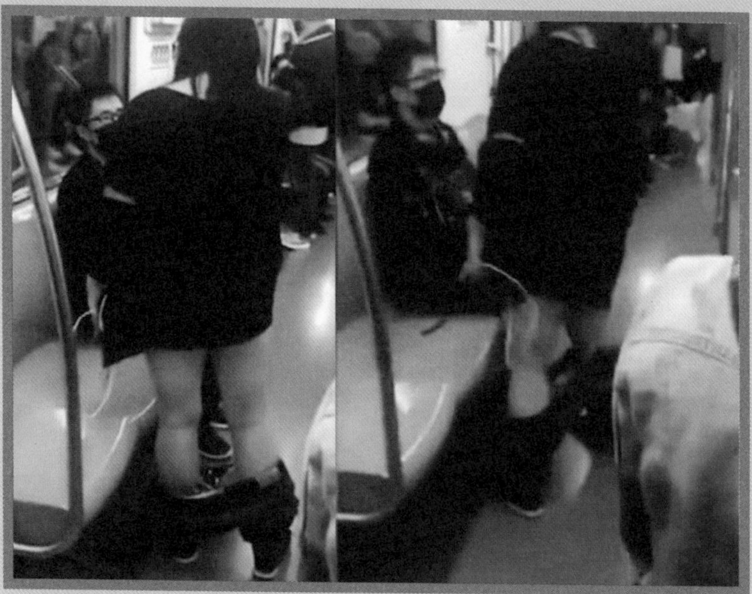

二人若非珠聯璧合，就是炒作吸睛。且那麼忍，定有所圖，軟飯王得依靠她才就範，稍有骨氣就此飛掉之，跳車逃遁，她沒穿好褲子怎麼追？所以「跪地戲豬乸」，這個「戲」字正寫是「餼」，粵俗指餵養，現實中是取悅，均睇錢份上。

記得日前有自稱模特兒的「露點大媽」，在康城影展紅地氈上引起公眾譁然嗎？原來此女在微博炫耀收到品牌邀請函是作偽，人家官方聲明她不請自來，還造成負面影響。大媽醜出國際，有羞恥之心嗎？怎會？

國民教育真開放，某些女人熱愛脫衣露點、脫褲露X——動輒展示「雞性難移」，污染眾目。

憔悴蒼老野玫瑰

傳媒報導，與第一夫人彭麗媛師出解放軍同門，「中國新民歌領軍人物」湯燦出獄了。正是「同人唔同命，同遮唔同柄」，二人結局截然不同。這位美艷的「軍中妖姬」、「公共情婦」，一直傳聞與軍政要人高官有染，重量級人馬如周永康、薄熙來、徐才厚、李東生、谷俊山……床上名單，上榜者一一下馬、入獄、病逝。2011 年湯被捕、調查、判刑，都是秘密進行，甚至有患上愛滋、遭槍決等傳言。

湖南籍湯燦（1975-）長得有點像楊怡、楊恭如，不過她的眼神柔媚中卻帶凌厲，不簡單，正如足踝帶刺野玫瑰刺青，也不好惹。

對她第一印象，是 2005 年張學友的《雪狼湖》在中國大陸演出，湯極力爭取女主角席位，據説她人脈廣勢力大，批文取得順利起了關鍵作用，但其唱法不大合適，第二輪已換人。回顧，才明白她「能力」所依。

三國中周瑜與諸葛亮有一段經典對話，以才智詩辯。流傳的「得志貓兒勝過虎，落魄鳳凰不如雞」便出於此。

「失蹤」逾6年的湯燦出獄回家，探望老師並合照，人們只能從她足踝上野玫瑰刺青給認出來。42歲的湯仍愛紅裙，但憔悴蒼老，瘦手青筋盡現，可想而知牢獄生涯難熬，能活着出來已不錯了，她還想復出？往事如過眼雲煙，把紅裙脱下，過平淡、平安的日子吧。

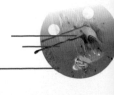

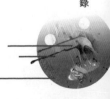

自由五趾襪

天涼了，日夜溫差也大，保健養生要從一雙腳做起。腳是人的第二心臟，足底反射區與人體各臟器之間有直接聯繫，有時我們覺得累，有一點沉積物，沙沙石石的虛擬感，按摩刺激可以暢通一下；有時我們覺得冷，那麼除了踩踩凸球板，搓揉小腿和雙腳外，上床前用熱水（或加中藥）泡浸，便有一覺好睡。

主要令雙腳舒服、衛生、暖和。

「暖足」猶如「暖心」。

人的手足不夠暖，有手套和襪子發明。傳說中的五指山，鎮壓孫悟空五百年，那「手套」是天然的草木藤蔓，植物性，人們為了禦寒，五指手套用上日日改良的物料。而五趾襪也是近十年來日日改良的時尚「足袋」（也稱「足衣」）。

這是一個進化過程。

最初世上沒有襪子，古羅馬城的婦女在腳和腿上纏着細帶子，直至中世紀中葉的歐洲，用布片代替了細帶子。

中國夏、商、周時期，人們「著『角韈』，以帶繫於踝」，距今三、四千年歷史，「角韈應是用獸皮製作的原始保暖物，所以從「革」部，後來隨着紡織品的演進，發展到布、麻、絲綢……故改為「襪」，從「衣」部，也是足之衣。

從長沙馬王堆一號西漢墓中出土的兩雙絹夾襪來看，均用整絹裁縫製成，縫在腳面和後側，底上無縫，襪筒後開口，開口處附有襪帶，由此可見，貴族的足衣多麼講究，不但保暖，還是精美飾品，以絲絹輕撫細嫩的皮膚。

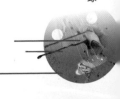

經歷數千年，中外的襪子已不止於圓頭足袋了。除了圓頭包裹整隻腳掌的原始設計，還有「二趾襪」（或稱「分趾襪」）和「五趾襪」。

把拇趾與其餘四趾分開的襪子，最早出現在中國，而非全國流行穿木屐下駄人字拖的日本。

中國的分趾襪（「丫頭襪」），唐朝李白有《越女詞》云：「屐上足如霜，不着鴉頭襪。」——「鴉」是「丫」的通假字。當時江南人因當地氣候潮濕多雨，多穿木屐，「丫頭襪」就是專門用來配搭人字帶木屐的襪子。唐宋元明等朝，都穿分趾襪——直到清朝，那殘酷的纏足之風普及了，女子的一雙天足慘遭拗曲、屈折、緊纏，變形而腐敗，再也分不清五隻腳趾了，哪來的分趾襪？

反而日本源自平安時代貴族穿的皮革分趾襪，就流傳到今天，現代日本穿和服和下駄厚木屐、草履、人字拖時，仍穿分趾足袋，最傳統是白色，婚禮茶道花道等正式場合盛會便穿白色，黑色也很有型，但男性專用，至於有花紋圖案各式設計，則為時代女性追捧。

日本有很多襪子專門店，獨沾一味：長筒襪、中筒襪、短筒襪、船襪（隱形襪）、襪褲；分平口、羅口、有跟、無跟；還有棉紗、羊毛、絲織、竹纖維、提花、純色……各種式樣品種。至於功能，則是防滑、耐久、指先補強、吸汗速乾、消除疲勞、消臭……

更有分類精細，如五趾襪專門店，真可愛！逛這店，只覺如流行時裝般目不暇給，雖然五趾襪只得一個造型，全是五個腳趾分開個別套上的設計，但色彩鮮艷亮麗時尚，也有素淡保健，襪底有小凸點，一邊走路一邊按摩。適合家居穿著的、跑步的、行山的、打高爾夫球的……還有「左右非對稱」一欄，真是體貼了。價格在 ¥1,575-3,150（也有更貴）。

五趾襪有優缺點。優點比較多：

1、美觀、時尚、新潮、凸顯個性品味。

2、因五趾分隔，幫助腳部吸汗、透氣、抑制細菌、止癢、預防腳臭，一句話：「衞生」。

3、趾間不會痛，趾尖不會碰到鞋尖「頂趾」。

4、一直處乾燥狀態，病菌或灰甲不易相互傳染。

5、保暖效果明顯。

6、五趾活動自如，容易伸展，感覺舒適。

7、矯正腳趾，防止變形。

8、起保護作用，劇烈運動中，避免腳趾之間過度摩擦。

9、是頭飾、首飾、頸飾、手飾、包飾、鞋飾……以外，另一種飾品，市場極大。

10、內蘊——如不穿涼鞋人字拖等外露鞋子，則五趾襪在某一時間空

間，日常家居生活中才會展現，「含蓄」地讓某些人欣賞。但先滿足自己的喜好，活着為了娛己，才娛人。

你別説，我們光是瀏覽拍照，很開心，為慰勞自己一雙奔波勞累的腳，送些漂亮禮物讓它們也開心一下吧。

既穿五趾襪，就不適合穿那些可以刺死人的尖頭高跟鞋了，不要緊，我根本沒有——一切尖頭鞋頂趾鞋都是足部病痛和情緒不安之根源，何必自苦？

因五趾襪的靈感，帶來了五趾鞋。這款鞋子亦輕、薄，用橡膠製成，像給雙足上了套，又不是襪子，可以穿來上街，或運動用。2007 年時，五趾鞋（Five Fingers）因新款實用如「赤足」之感，被美國《時代》雜誌評為最佳發明之一。

不過潮興了幾年，最近有生產商面對訴訟，因為其「增進健康、強化肌肉、防止膝痛」等功能，無科學根據，甚至不能防震。著名品牌 Vibram 將向美國消費者退款，合共 375 萬美元（約 2,900 萬港元），並撤回有關的健康言論。

我見過這五趾鞋，一點也不喜歡，一來它特貴，而且賣相很醜，穿後活像「大腳八」，你會穿雙蛙鞋上街或運動示眾嗎？多笨拙。

五趾襪最可愛又可貴之處，是「自由」——世途兇險，社會擠壓，路很難行，總是磨出厚繭。讓各趾獨立自由伸展，是一種潛意識的追求吧。

秋月無邊

1438期《壹週刊》，是《潑墨》專欄的最後一期。我是由1990年3月15日創刊號開始寫專欄，2017年9月28日（27日街上已有售），1438期為止，至今都有27個年頭了，沒脫過稿？不，在1999年3月，為77歲的慰安婦袁竹林婆婆，尋到失散38年的愛侶：流落北大荒的勞改犯廖奎伯伯，時間急迫，與初出道充當我攝影師的小克馬上起程，只脫過一期稿（見《煙花三月》）。

一邊生活，一邊創作，一邊看盡人情冷暖世態炎涼，回黃轉綠興衰起跌，悲歡離合生老病死……週刊當然人來人往，我寫到最後一期，都算命硬了。

其實我們都有心理準備。

紙媒近年大受衝擊，黃金歲月一去不返，《壹週刊》因政治打壓被狂抽廣告，時有裁員、轉型、減薪、「摺埋」的噩耗，心知肚明，把每一篇當成最後一篇的寫……果然，倒數中它就來了。

如常一樣，我是數日構思後，在週六執筆，黃昏交稿，校對部打字校對好，回 fax 我作最後校對增刪，補充最新資料，改動用字遣詞，尤其是小說，可以沉澱一下「再執靚啲」，週一上午 send 回。說不上嘔心瀝血，不過盡力做好——只有一個原因：我喜歡寫！

我的「御用」插圖師是 Bernard Chau，他在設計界有自己的成就，番書仔人在英國，大家有時差，所以我習慣每次把稿子內容重點錄音相告，特別是一些比較遠古艱澀的中國文化歷史，說得詳盡些，方便設計，我拍攝的相片或資料也一併發給他做圖，如此合作無間，已有默契。

告訴他，週刊賣盤，7月時由某商人及其背後的財團收購。易手後，肯定不再是曾幾何時引以為傲，「我們的壹週刊」。風格、面貌、精神、膽識、價值都回不去，或這樣說：不一樣。新人事新作風，與我無關，因為我不會留。

Bernard不止一次說，不管我在哪寫專欄，他都樂意一分錢也不收，繼續合作下去，因為這已成為他每個星期的開心習慣……我有點感動，不過天下無不散之筵席，也沒有不分開的拍檔，週刊的成績是「集體努力」，所有人的心血和奮鬥，才共度廿多年，沒有「個人」。我很高興能成為其中一份子。

不過把世情看透了，人生無常，一切因緣而生緣盡而滅——用「滅」言重了，應是「緣起而聚，緣盡而散」，散後也可以重聚，人生，就是這樣。

「緣」是文化、歷史、宗教上一個抽象的概念，是人與人、人與事、人與物、事與物之間……的無形連結，某種必然。

「緣份」不限於單一往還，一群人一件大事一宗交易一次戰爭一種潮流……都可被緣份維繫，同甘共苦同生共死？哪有這般嚴重？只是佛說，前世500次回眸才換得今生的一次擦肩而過——回眸499次，也不成！

緣份似乎不可以創造，或刻意鋪排，自力變更。緣份有輕重、深淺之分？不止，還有數不盡的：——

善緣、惡緣、無記緣、親因緣、等無間緣、增上緣、俱生緣、相互緣、依止緣、前生緣、後生緣、食緣、道緣、相應緣、離去緣、不離去緣、業緣……想不到如此複雜。

但也實在簡單。

因為起滅聚散都不能自主，便「一切隨緣」，來者不拒，去者不留。是智慧？無奈？平靜？順其自然的懶惰？誰理得？

香港日間悶熱，黃昏時已感清涼。原來又是中秋。

我有一闋心愛南音（原唱者白駒榮），曾選作電影的主題曲：

「涼風有信，秋月無邊，虧我思嬌情緒，好比度日如年。小生繆姓乃係蓮仙字，為憶多情妓女，叫做麥氏秋娟……今日天隔一方難見面，是以孤舟沉寂晚景涼天。唉你睇斜陽照住嗰對雙飛燕，虧我獨倚蓬窗思悄然。耳畔聽得秋聲桐葉落，又只見平橋衰柳鎖寒煙。第一觸景更添情懊惱，懷人愁對月華圓。正係舊約難如潮有信，新愁深似海無邊。虧我情緒悲秋同宋玉，況且在客途秋恨你話對乜誰言……」

《客途秋恨》是《胭脂扣》的動人風韻，而我今日聽來竟平常心，不再黯然魂銷？因為死生最大，主演的兩位故友：張國榮和梅艷芳已不在人世。我每年七月十四盂蘭節祭祀先人和燒街衣時，都會為他倆燒衣致意。記得第一年初成新鬼，貪靚（或未慣）的張還不肯收，那些四季衣裳好老

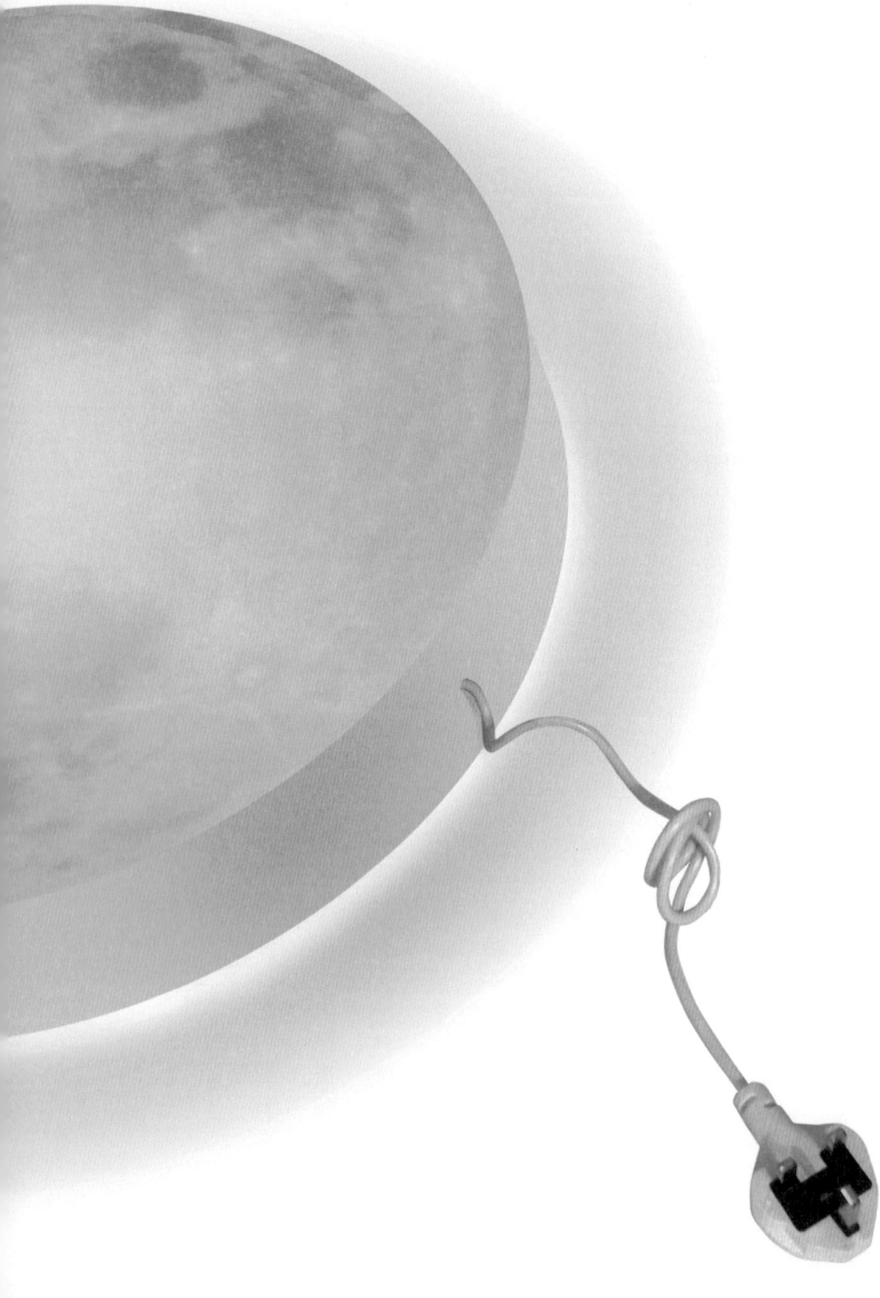

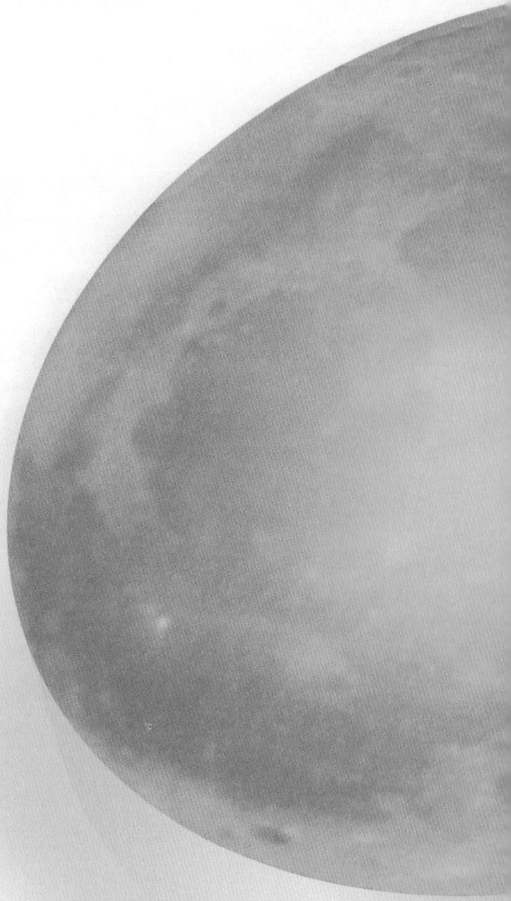

壹
週刊
NEXT MAGAZINE
1438
珍藏版
壹個時代的終結
27年傳奇
下台

土吧？燒了好久都沒化，我只好說你先收下，明年會選些合你心水的顏色。就化了。翌年阿梅也走了，我特地選些漂亮的旗袍燒給她……倏忽又十多年。對比生死，離合算甚麼？

「客途秋恨」，正是「作客」心情。

像我的書一直在「天地」出版，在《蘋果》寫《礦泉水》也從創刊那天開始（1995年6月20日），一直至今，不止「命硬」，也算長情。

但亦客途之上吧。

所以我喜歡南唐李後主的《浪淘沙令》：

「夢裏不知身是客，一晌貪歡。」——正因「不知」，才可「貪歡」，自欺欺人也快樂。

人生追求，不外「自由」、「快樂」而已。我珍惜所有自由創作，一字不改，盡情發揮的平台，有點不捨，但慶幸得享。

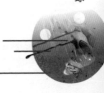

反正喜歡寫，有人喜歡看便成——如果有一天不寫了，你們不必記得我。大家都是客，人走茶涼過後不思量。

秋月無邊。但「江畔何人初見月，江月何年初照人」？在時間無涯江河之畔，人很渺小，聚散也是過客……

「金盆洗手、啷口」年

黃子華親口宣佈2018年7月舉行的「不設巡迴，香港玩晒」《金盆啷（喨）口，是他最——後——一個——棟篤笑！雖然有人期待是繼「回水」之後的反口玩笑，不過，如果連最具代表性的子華神也有無形壓力，不能暢所欲言的話，不致世界末日，亦香港末日，香港氣數已盡，現今只是「舉證」而已。悲觀！

他笑言：「我又唔係死，又唔係退休。有啲人會封咪，但我唔係封咪，只係收咪，亦唔係退休，只係唔做。」有分別嗎？

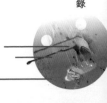

說一宗新聞（舊聞）：中國大陸官方在今年2月初曾發出公告，強制黑道「金盆洗手」日是3月1號，不知如何又改為3月31號，寬限期多出

黃子華棟篤笑
金盆哴口
不設巡迴 香港玩晒

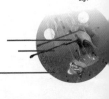

一個月，看來有太多牽連、羈絆、不服、千絲萬縷的關係，「洗手、洗手、洗手」真的不易。

即使政府在全國展開大掃黑行動，但中國那麼大，人那麼多，黑幫那麼「融入社會」，還得呼籲老大「主動投案自首、如實供述自己罪行……」可從輕發落。若在規定期限內拒不自首，繼續為非作惡的，將依法從嚴懲處。加大對黑惡勢力的打擊鬥爭力度，並鼓勵檢舉、揭發、助偵等重大立功表現。格殺勿論法及連坐法，迫使老大逃難大流竄，來自台灣的也鮭魚返鄉了。

2018，是「金盆洗手、啣口」年。

無聊噁心變勵志

娛樂版報導：製片汪子琦與富婆 Laura，於 2011 年在紐約結婚，同性婚姻夫婦，於 2013 年歐遊時，遭同屬強國女同志藝員馬賽介入暗交，馬艷舞色誘汪之片段公開……

格言「Cash is King」的富婆，家族坐擁私人飛機遊艇豪宅，她本人投資有道——可是在「男伴」方面的投資不那麼有眼光。被背叛，她怒不可遏，決定分手，汪力求復合，她又為情自殺不遂，拖拖拉拉藕斷絲連，打本拍戲又送房子養病，誰知汪竟四出媾女，富婆終死心離婚。汪稱次次落淚滴濕化墨無法簽紙，其實貪求交換條件（贍養費）港幣 2.4 億元……

這樣的新聞有甚麼價值？無聊又噁心。但，它不該撥入娛樂版，應放上勵志版，讓世人得到啟發：——

（一）行走江湖不必自知之明，也食到大茶飯。雖非玉樹臨風潘安再世，最緊要「努力」，將勤補拙。

（二）搵錢理直氣壯。富婆鄙夷：「憑甚麼要分身家？」便得強調：「我的要求合情合理！」除非有通姦證據，貪字變貧再算。

（三）一旦落空，好好讀書進修（廖碧兒與汪有共同志向）。

（四）一毫子都唔俾佢？學精了。大把錢，讓美男子小鮮肉賺，各得其樂。做善事又可積德。

（五）大把錢，執好自己也改變世人偏見，誰說富婆就是名貴包裝紙內的大媽？追求一點氣質多好。

斷手斷腳的畫面

高雄有宗兇殘新聞，一名綽號「咖啡哥」的46歲陳姓男子，曾在一家舞廳欲帶小姐出場遭拒，他不滿並在fb嗆聲：「要給舞廳好看！」——其實之前已屢屢在直播上從南到北嗆聲，囂張跋扈，仇家不少。

但這回，他在舞廳門口對酒客辱罵三字經，人家要他「好看」，2車8人把他押走，以束帶綑綁後痛毆，打斷手腳，頭顱凹陷，被載至火葬場丟棄。

電視畫面：他趴在地上，「四肢變形」（無格仔），全身是血。救護員施救稍為碰到手腳，他表情痛苦直「哀嚎」……警方後來抓到多名兇徒，但這畫面真是看到也痛。

誰知晚上開電視，原來重播大陸電視劇《軍師聯盟》，這是去年口碑甚佳的劇集，以漢末三國時期司馬懿為主角，並以魏國為大本營的權謀故事，演員如吳秀波、王洛勇、于和偉、劉濤、翟天臨……等表現出色。我知值得一看但不肯入阱，因為很忙，若燒腦費神就甚麼也別幹了。

現在台北隨機看幾集，司馬懿為抵抗出仕，不願服務曹操一營，他咬緊牙關，鞭馬負重輾過自己一雙腿，軋斷了，令人看得不安。

在歷史中，戰國時軍事家孫臏遭同窗龐涓嫉妒迫害，處以臏刑（刖刑），是生生砍去膝蓋骨及以下的酷刑。相比而言，「自殘」更加悽厲。

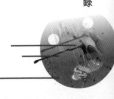

「鷹視狼顧」

讀史看戲，司馬懿一直是個陰險狡詐城府甚深心狠手辣的「奸角」。

三國題材經常被翻拍，其中權謀鬥智十分精采——不過像《軍師聯盟》和《虎嘯龍吟》上下兩部共八十多集，顛覆傳統敍事方式，以司馬懿為中心人物的電視劇集，千萬別一頭栽進去，否則你們會泥足深陷不能自拔。

三國確是人才輩出的大時代，文臣武將英雄梟雄……他們建功立業或謀朝篡位，像司馬懿，為其王朝鋪路，由孫子司馬炎建立晉朝，當中經歷生死一線成王敗寇，大家對其人再有爭議他亦一「人物」。

三國謀士有四大天王：「卧龍」諸葛亮、「鳳雛」龐統、「幼麟」姜維、「冢虎」司馬懿——沈睡的龍沒飛上天、鳳凰早逝沒機會展翅、麒麟沒有成長國家已敗亡了，惟有那冢（墓冢、荒野）虎，看似隱忍，但在眾人酣眠之時他發威了，還很長壽，活了72歲。

人們以「虎」比喻，其實司馬懿更出名的，讓精於相術的曹操也大吃一驚，是一個眼神：「鷹視狼顧」。

「鷹視」：目光精銳有神，眼球突兀，看得人不寒而慄；「狼顧」：回顧時頭部扭轉幅度相當大，且雙肩紋風不動，如狼、犬之獸性天賦——劇中吳秀波作了完美演繹。

姑息養奸

近日騎呢男女鬧香江，神聖的法庭、嚴謹的機場安檢，其規矩和禁令都遭破壞，肇事者還囂張狡辯，惹來各界恥笑。

「唐氏綜合女」——在法庭偷拍的唐琳玲，勉強的英語和遺忘的母語；真假未分的職位和中鐵建電郵網站；令人疑惑的學歷和 profile；強聘又即炒的大狀（70歲的艾勤賢6月癌症逝世）；"I come here to learn" 抑或 "I come here to earn" 的法庭偷拍目的……在正常與非正常之間果然夠「綜合」，對此強國女同胞人肉起底進行中，真是娛樂性豐富。囚7日，遣反大陸，所欠訟費19.7萬元，似是「走數」，至今未支付。

「特權 Gel 頭男」——回看整件醜事，馬逢國企圖以撻朵（辯稱「講過

一下我自己係議員」）及識得最高層，向三名機場保安人員施壓，讓他把那支違反禁令的髮 Gel 帶上機，甚麼重要之物？原來只是用剩卻捨不得棄置的極小量 GATSBY，男人老狗，好 cheap，大家不是歧視冇頭髮，只是歧視冇腦，以權謀私。那位保安主管，竟被垃圾會奴才「兇」到，罔顧全機安全放行，面臨紀律處分，間接受害。

恥笑還恥笑，兩事之性質，都是香港被大陸化，核心價值和法治精神受污染，始作俑者何君妖、689 之流，是非不分未被處理，當局姑息養奸才後有來者。雙重標準亦令港人反感。

過度的醋變腐液

尖沙嘴一海鮮酒家，十一、二點午市熱鬧時段，一名40歲打扮新潮（如廿多歲）的醋男，懷疑任知客數月的妻子紅杏出牆，他闖上酒樓，向她正面淋通渠水，腐蝕性液體令她臉部和眼睛重創，還傷及附近無辜茶客及酒樓職員多人，急送院治理。

夫妻同為40歲，結婚20年，育有兩女分別為16及12歲的學生，照說有一定的感情，而且女兒長大也懂事了，婚姻出現問題，無法挽救，大不了離婚、放手——現不但不放手還下狠手，可見怨毒甚深。

下狠手用腐蝕性液體迎頭潑下，創傷極大——特別是襲擊女性，是最嚴重最殘忍的卑劣行為，一個同衾共枕廿載的女人，自此刻便「毀」了，不

但容顏永久損傷，還會失明，終生不斷清創、植皮、修整……永難回復舊觀，生不如死。

酒樓「知客」一職，負責接待客人安排入座，有制服也常穿旗袍，需口齒伶俐善解人意，故亦吸引不少狂蜂浪蝶。某些高級食肆，質素佳的知客還是迎賓秘密武器，如王小鳳和夏文汐，便曾為中環美心集團旗下Cafe GiGi的性感知客，後來她們在演藝界亦闖出名堂。

疑犯不甘妻子外遇，妒火中燒玉石俱焚，是很在乎她嗎？何以不留在身邊好好愛護？要一個女人拋頭露面打工養家？這宗家庭悲劇不止雙輸，還禍及無辜孩子如何面對？令人欷歔。

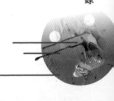

勝者為「蠱」

前一日在尖沙嘴酒樓，冷血醋夫因綠帽疑雲，向知客妻淋通渠水；翌日在大角嘴餐廳，一名男侍應因感情及家事爭執，被前妻以利剪狠刺，負傷逃走遺下一條血路不支倒地，姓肖之女子後被捕。

果然是狠男毒女，經常發生兇案的食店，一如7-11，梗有一間喺左近，街坊防不勝防——這樣的慘劇不忍卒睹。

像為甩漏出軌滲水的高鐵「盲撐」，寸嘴「我哋話畀你聽ＯＫ就得㗎啦！」的馬時亨，藉「天口熱」開脫，一切歸咎於反常高溫？這當然是低端托詞，後來亦激起民憤。而這些豁出去光天化日下施襲的男女，自己生無可戀殺了再算，卻禍及無辜還牽累子女，也在破壞香港社會秩序。怎會與天氣有關？是內心的燥火。

香港不少兇案，肇事者都沒有愛、沒有將來。並非說每日入侵的150人全屬此類，但事實上劣幣驅逐良幣，劣幣也有自相殘殺。忽想：若潑腐液躁男娶了揮利剪狂女，鬼打鬼，起碼少了兩名受害人吧？

中國（隋朝已有）古老傳說：將不同種類百毒（蛇蟲生物……），放入瓦罐或罎子中，使其互相咬殺，並吞食屍體，最後存活下來的就叫「蠱」，已成精，是害人巫術。

不知何時開始，香港就是這罎子，敵我困於此，攻擊、傷害、嚙咬、殘殺……攪炒，勝者為蠱。

人骨琵琶

琵琶，是中國已有二千多年歷史的樂器，最早出現「琵琶」之名大約在秦朝。其名稱來自最基本的彈撥技巧：「推手為批，引手為把」，發出動人樂韻。

最初的琵琶是圓形的，後來漸發展成梨形，琴柄筆直，是為「直項」，也有「曲項」的，兩者皆適用於馬背上使用，當時遊牧人騎在馬上好彈琵琶娛己娛人，在古代，一切敲、擊、彈、奏，均稱為「鼓」，所以琵琶為「馬上所鼓也」。魏晉南北朝時期，不管是放浪任性的竹林七賢，或宮廷中演奏，都有琵琶身影。

琵琶是由「頭」與「身」構成的。「頭」包括弦槽、弦軸、山口等；「身」

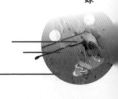

包括相位、品位、音箱、覆手等。多用木製：硬木、色木、鐵梨木、花梨木、雞翅木、酸枝木、黑檀木、紫檀木為主要材質，高檔琵琶軸相，還有以牛角、牛骨、象牙等製作。

——但，世上唯一令人毛骨悚然的琵琶，是人骨所製。

人骨琵琶發出的是哀音抑或鬼哭？我們不知道，當時的人未悉來龍去脈，也聽不出所以然，如果不說破，只以為它貴重，不知它悽厲。

這不是一個鬼故事——這是一個變態人的劣行。

精神分裂、思覺失調、躁狂抑鬱、疑心生暗鬼的變態人不少，但一般而言，只危害到身邊的人或社會局部。若是一國之君，掌握大權，恣意暴虐，則是宮中宮外，天下之大禍。

這個最殘暴、荒淫的變態皇帝，是北齊的開國君王文宣帝。

北齊文宣帝高洋（526-559 年），字子進，因生於晉陽，又名晉陽樂。

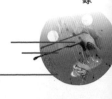

他是東魏權臣高歡次子，北齊（追尊）文襄帝高澄的同母弟。鮮卑化的漢人。在位只十年。

東魏武定七年，掌權的高澄被刺身亡，高洋又不甘當一個「重臣」，所以趁兄一死，天下有亂，便當機立斷，廢帝自立，改元「天保」，建都鄴，建立北齊，當時他年僅廿多歲，還沒「瘋癲」到出面。

其實這高洋成長期間，心理不平衡。

因為自小長得醜，決非可愛寶貝，一直得不到歡心，父親不想見他，連生母也討厭，備受兄弟及族人欺辱。所以其貌不揚的高洋，沉默寡言自閉症，心理陰影很大，終日裝瘋賣傻，渾渾噩噩過日辰。但廿多歲時，不依靠父親和兄長扶助，直接打天下，這是「快刀斬亂麻」。

少時已露本性端倪。父親高歡任東魏丞相時，想測試幾個兒子的智力（老父也是有野心的！），給每個兒子發上一堆亂麻，讓他們盡快清理。

大兒子一根根慢慢抽，愈抽愈亂；小兒子將亂麻分成兩半然後再分開；只有高洋拿出快刀，幾刀砍下去再理出一縷縷短麻——此舉得到高歡誇獎，但卻沒因此把喜歡其兄之心轉移，所以高洋心中另有盤算，一於自力更生。

貌寢的他大抵不是蠢人，也聰明果斷，勵精圖治。即位時對內選賢舉能，對外征戰身先士卒，奮鬥幾年，國家富庶，民生安樂。

可是沒多久便原形畢露，開始了腐敗的帝皇生涯。

何以高洋沒有遠見？不重視前景？

心態何其詭異？

這點歷史只有記載沒有分析。讓我八卦一下……

高洋廢魏建齊後，要給自己王朝起個吉利的年號，眾多建議中，以「天保」最得歡心，老天爺保佑北齊萬年萬年萬萬年吧，得天保佑，群臣齊聲叫好！

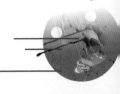

高洋或有靈氣或知預兆，他道：「好是好，可這『天保』兩字拆開來，不就是『一大人只十』嗎？」

一眾面面相覷，不知如何說下去。

高洋哈哈大笑：「沒事，這是天意，用吧，不怪你們。我有十年皇帝做就不錯了！」

這「十年」之限，在一個人腦海中根深蒂固，漸漸也成為情意結、趨附詞，朝這「十年」奔去，沒有異議。

之後有一年，他帶着美若天仙的皇后上泰山，在岱廟向老道問卦：「你看我坐天子位可有多久？」老道不假思索：「三十。」——高洋面露得色對皇后道：「你看，老道也說我只有十年的時間了。」皇后不解：「老道不是說三十嗎？」

高洋用他自己的思維解釋：「這『三十』沒指年，是指十年十月十日，

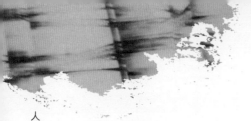

三個『十』加起來就是三十。」

他記着也悟着此卦，果然在天保（559年）十年十月得了暴病，食不能下咽，餓了三天，就在十日這天去世。

是死於天意？抑死於心理？世人有種「成全預言」的詭異傾向，心理學深不可測。而齊文宣帝在位十年，卻是死有餘辜。

十年太長了！人民恨不得他早日歸西，還天下一個太平。

高洋的王朝在短短幾年崛起興旺，不久，他就在自己心中倒數的日子中，盡情腐化奢糜，沉湎於酒色和殺人之中，不能自拔。

他常作出種種完全不依常軌的荒唐舉動，驚世駭俗，他嗜血，也因貌醜而好色，對美女極愛又極恨——特別是這人骨琵琶的女主人……

變態的皇帝最輕微的是「暴露狂」加「易（異）服癖」，愛袒露身體，塗脂抹粉，在北齊京城的繁華街道上攀高爬低，普天之下，莫非皇土，就當是自己的後花園。有時身披節日盛裝穿梭街巷，有時又赤身露體光着屁股裸奔，有時駕馭牛驢駱駝白象招搖過市，甚至騎在隨從肩上鼓譟而行，還扮乞丐自虐地到處乞討……就是一名瘋子。

有一天，他在街上跳舞，有個老婦看熱鬧，不知他是誰。他問：「你覺得當今天子為人如何？」老婦人不屑地直言：「人人都說他瘋癲，成何天子？」高洋聽了大怒，馬上當街殺了阿婆，繼續跳舞。

瘋癲皇帝又是酒鬼，天天都醉醺醺，不理朝政，殺人作樂。

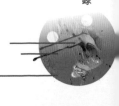

重臣去世他去弔唁，在靈堂上慰問未亡人：「丈夫死了，你想念他嗎？」對方悲傷：「我們結髮多年，夫妻情深，無法不想念啊。」高洋又妒恨了：「你真是忠貞之妻，既然那麼想他，不如馬上就去地府見他吧。」說完，抽出寶劍把未亡人刺死，還斬下頭顱，扔棄到牆外，逕自回宮去。

他是得不到任何尊重和愛護，所以心中並無仁念。只要看中兄弟或朝

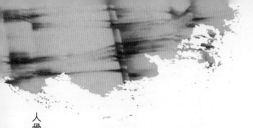

臣的漂亮妻女，先殺男人，後姦女人，再把其子侄亂棍揍死了事。

高洋殺人的方式很多，都花過心思的。

他曾用大鋸把無罪的大臣韓哲活活鋸開三段；用百餘弓箭把樂安王元昂射死；把忠良諫官腰斬；以橛（小木柱）插進屁眼至入腸；還把蠍子放滿大浴盆中，之後扒光一人衣服扔進去，聽得他來回翻滾聲音淒惶，觀之極樂。

「殺人取樂」是一條不歸路，雙手染血只會愈來愈多，愈來愈狠，花樣百出。

他會一邊與眾女荒淫，一邊命手下捉來一些囚犯，在砍臉斬頭慘叫聲中，大喊大叫達致高潮。有時太興奮了，爬起身來，一刀即把慘遭蹂躪的宮女砍死。

有這樣的皇帝，就有這樣媚主的奴才。為滿足殺人取樂的怪癖劣行，

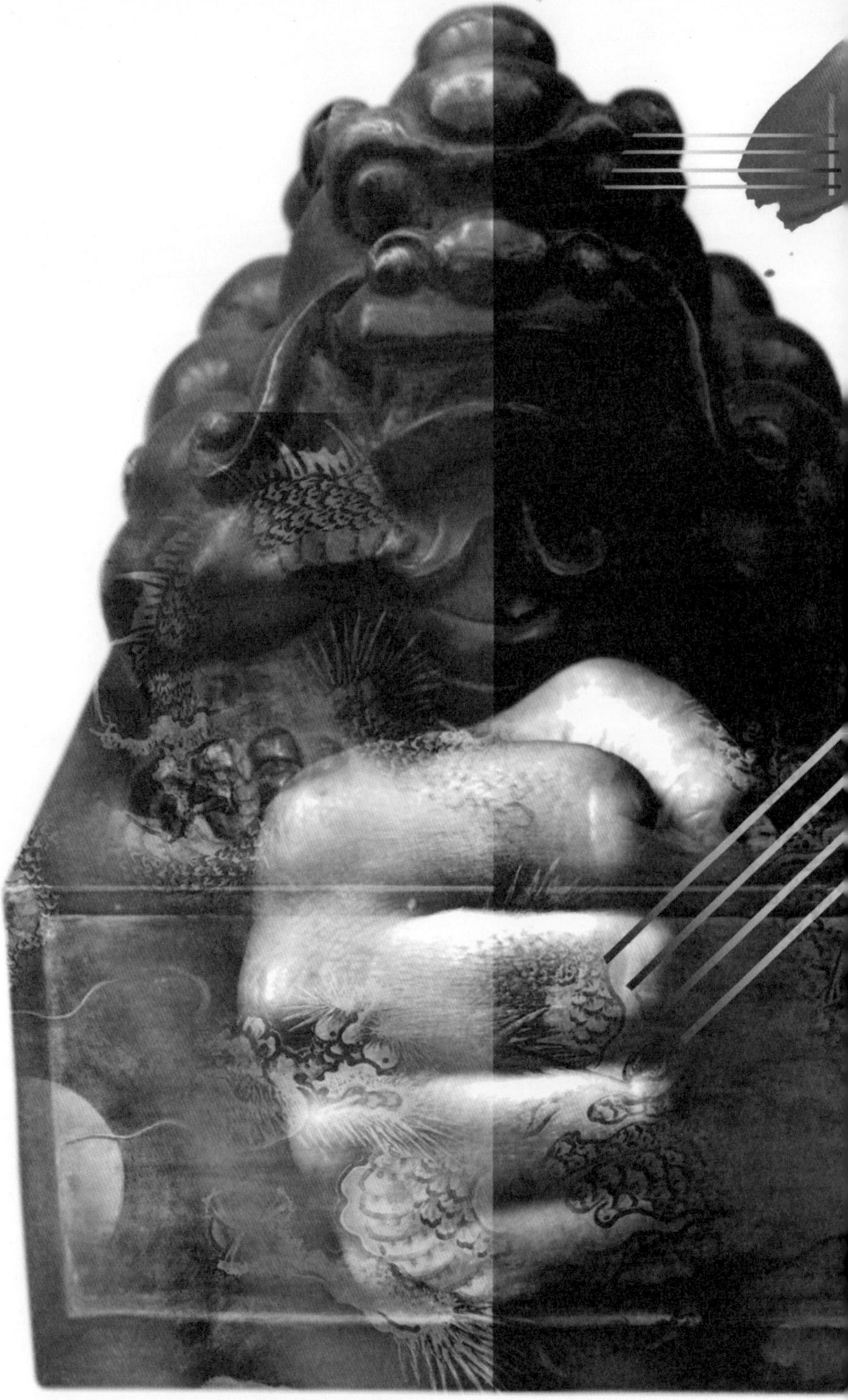

監獄官就把判處死刑的囚犯送到宮裏，讓他們在皇帝面前「享用」大鐵鍋、長鋸子、大鍘刀、大石堆……之類刑具，博主子一笑。被殺掉的人還被下令肢解、扔到火裏燒、扔到水裏泡——死囚都供不應求了，只好用拘留但尚未被判處死刑的犯人「充數」，這種囚犯叫「供御犯」，不論皇帝在宮中宮外或出遊出巡，都得跟着，「供御」就是供應皇帝御前虐殺取樂之用，抽筋扒皮、剖心挖腹、熱水煮熟……如果三個月沒被殺掉，就得到寬大處理。真是中國歷史上令人髮指的奇聞。

由於自小貌寢不獲父母長輩歡心，他在位暴虐無道，母親勸他罵他，發生口角，他不但不聽從，勃然大怒把太后當眾脱個精光一頓鞭打。一回，還把太后抓來，一個「過肩摔」給摔倒在地，氣呼呼地指罵：

「你這老而不，再敢多話，我把你送給胡人當老婆！」

可見成長期間積怨甚深，終生難以化解。

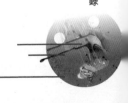

史上最卑劣人渣，一生的惡行罄竹難書，以上只是極小部份，但也禽獸不如令人憤恨。

世上怎麼會有這樣的人渣？實因他有權有勢，登上天子位，可任意設置殺人刀，他是被賦予權力又行使權力的暴君——若他只是臣民，就得伏法了。

這是封建制度之荼毒。

如此喪心病狂的暴君，難道心中沒一絲絲軟弱？

了解歷史，了解人性，了解心理，很有趣。

有一天，高洋在東山大宴群臣，大家互相勸酒應酬，放寬心懷之際，他忽然在懷中取出一物，扔到桌上。

眾人一瞧，大吃一驚。

——是一個人頭！

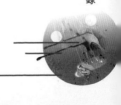

皇帝殺人斬首並非稀罕，本亦見怪不怪，不敢有何反應。

但這人頭，大家認得，是皇帝最寵愛的薛嬪。薛嬪本為青樓最紅的歌伎，貌美如花，艷名四播，被皇帝看中，自堂兄高岳手上豪奪回宮，對她千依百順，極為縱容，連她的姊姊她一併招納（不過後來因其貪念又殺掉了）。

薛嬪仍是心頭一塊肉。伴君如伴虎，當然逢迎討歡，但皇帝偏生另眼相看，反過來討她歡心，是久違家庭溫暖之獸，一個心靈小休之處。

但因愛故生怖，多疑善妒的高洋，不忘薛嬪出身，一天到晚懷疑她芳心另有所屬，或曾與人（清河王高岳）私通。

那天又發瘋了，妒火中燒不問情由，命高岳自殺，把薛嬪斬殺肢解。

他故意選了盛宴之時，把藏在衣袖中薛嬪的美人頭扔出示眾，嚇得賓客驚惶不已。

他還取出一個看來很特別的琵琶，在大家面前，一邊彈奏，不管音調如何怪異，仍流淚吟唱：

「佳人難再得！可惜呀！」

傷心至極。

——原來這琵琶，是他殺人斬首後，取出薛嬪的髀骨（大腿骨），製成琵琶，供他撥弄

可憐薛嬪死無全屍，化成樂器。

出葬之日，高洋披頭散髮，在靈車後步步追隨，大聲號哭。不知是否懊悔了，只為防患於未然？或疑心過重？失去了佳人！

隱聞哀音：

「佳人難再得……」

殺了無數人，這也是他一生最大的懲罰吧。

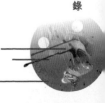

人骨琵琶啟示錄

即使北齊距今千多年了，而且中國歷史所載未必是全部真相（真相可能更不堪），但暴君暴政很難揑造。今時今日，仍有後來者。英國19世紀歷史學家阿克頓勛爵（1834-1902）有句話流傳至今：「權力使人腐化，絕對的權力使人絕對的腐化。」——如果之前已經大去，才「沒機會」腐化。

《人骨琵琶》給後人的啟示：

（一）精明能幹的人駕馭權力，就是賢君；昏君暴君被權力反駕馭，受害者是全國臣民。「殺人取樂」還一了百了，今日某些異見人士卻生不如死被迫瘋，精神分裂但永囚受刑。

（二）獨裁專制沒有時限，個個盼望永續帝位。所謂「十年」之限是天意，但一場浩劫，十年太長了。某些政治傀儡裝輕鬆：「度月如日」——老百姓則「度日如年」。

（三）堂堂一國之君也如香港某些警察和食環署職員，專門欺壓擺攤小販阿伯阿婆。

（四）有這樣的主子，就有媚主的奴才、打手、傀儡、公公、宮娥、人渣……為了迎合諂媚討歡，做得比主子還更核突。

（五）如果仍未攀到高位，未夠班，就沒資格說：「我話ＯＫ就ＯＫ㗎啦！」看港鐵主席肥馬便明白。

（六）再殘暴的變態佬，也有他心愛的女人。

（七）近來經常發生的血案：潑鏹、剪刺、揑斃、斬首、肢解、藏屍……原來都曾是枕邊人，深愛對方的情侶一旦反目，比對付仇人更慘烈。人死了，再後悔惋惜完全無用。

（八）北齊文宣帝高洋有孩子嗎？——看來他亦極具長期虐兒致死的獸父潛質，不讓今人專美。

（九）七一遊行口號：「香港拒絕淪陷」、「香港拒絕沉淪」——都一樣，是個「衰局」。遭陷害、遇陷阱、自高處下墜、沉落萬丈深淵……走的下坡路淪亡途，再也提不起來了。不承認或不肯面對現實也罷，回歸以來，老好日子一天一天過盡。稍有良知和是非之心的人都會「拒絕」。只有狀棍政客表示：「你話香港淪陷，我唔覺得係呀……『淪陷』係衰到貼地嗰！」

香港還不夠衰到貼地嗎？

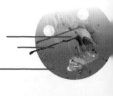

大批大白象工程訛錢，其一的沙中線豆腐渣工程，多災多難事故頻頻，負責者厚顏無恥無人承擔，虛耗納稅人千億公帑。為甚麼沒人去徹查根源：689、UGL、禮頓等千絲萬縷關係？

千億含糊，一個80歲擺地攤掙口飯吃，還得照顧百歲老母親的婆婆，

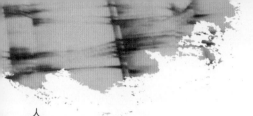

每日辛勤開檔只賺得數十元，竟遭食環署職員警員十多人包圍檢控打傷，專門欺負老人家。

官商鄉黑警勾結、法律為政治服務、異見人士被DQ及重判、強蝗在法庭拍照及掟銀仔、一地兩檢等惡法劣法強暴通過、689及馬gel頭恃特權謀私、777醜顏媚主、奴才指鹿為馬、身負黑材料的專業人士（如湯渣之流）顛倒是非、庸劣議員（如厲魂嬸之流）獲頒紫荊星章、巴士座位暗藏鐵針、一國兩制作廢、文革回魂……如果這都不算衰到貼地？那「要求真高」了。

（十）感慨本來自由自在，百花齊放，百鳥爭鳴的東方之珠，落在歹人手中，肢解破壞毀滅，失去生命，拆骨製成琵琶，裝飾再精美，語言藝術再高明，自欺欺人。北齊暴君一念，佳麗已死，人骨琵琶遭撥弄，只能發出沒有生命力的哀音，憶念那繁花似錦的前塵。

香港是否亦淪為「人骨琵琶」？

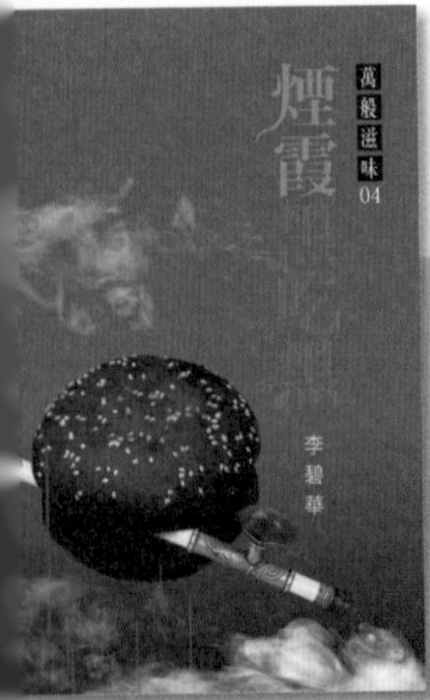

4

05

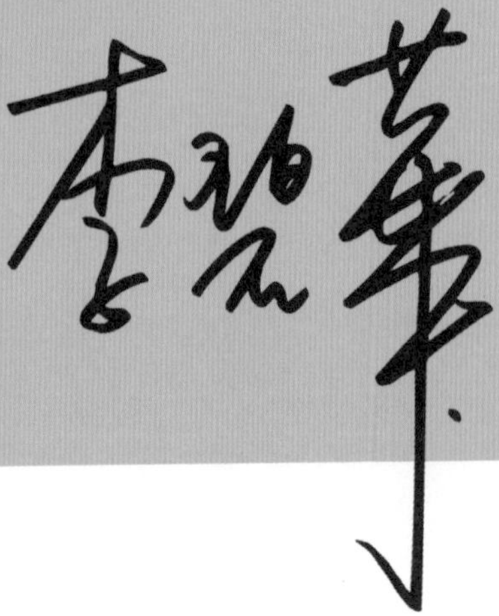

萬般滋味系列

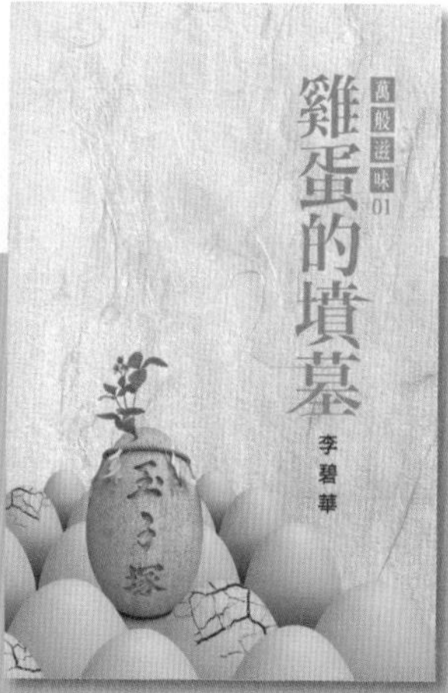

01

02

03

七情＋食欲＝萬般滋味

新書

07

感情是美食的心事，或因饑渴、或因追尋、或因偶遇、
或因激動、或因懷念……平凡的食物也格外銷魂。

萬般滋味 系列

新書

06

李碧華 作品

1 白開水（散文）
2 爆竹煙花（訪問遊記散文）
3 紅 塵（散文）
4 青紅皂白（散文）
5 胭脂扣（小説）
6 霸王別姬（小説）
7 色 相（一零八個女人）
8 青 蛇（小説）
9 戲 弄（散文）
10 鏡 花（散文）
11 糾 纏（小説）
12 生死橋（小説）
13 幽 會（散文）
14 白 髮（散文）
15 潘金蓮之前世今生（小説）
16 秦俑（小説）
17 綠腰（散文）
18 个体戶（散文）
19 天安門舊魄新魂（小説）
20 滿洲國妖艷——川島芳子（小説）
21 不但而且只有（散文）
22 江湖（散文）
23 變卦（散文）
24 霸王別姬新版本（小説）
25 南泉斬貓（散文）
26 好男人不過是一瓶好的驅風油（長短句）
27 恨也需要動用感情（長短句）
28 中國男人（散文）
29 水袖（散文）
30 誘僧（小説）
31 草書（散文）
32 潑墨（散文）
33 泡沫紅茶（散文）
34 蝴蝶十大罪狀（散文）
35 基情十一刀（散文）
36 吃貓的男人（小説）
37 聰明丸（長短句）
38 咳出一隻高跟鞋（散文）
39 630電車之旅（最後紀錄）
40 吃眼睛的女人（小説）
41 八十八夜（散文）
42 荔枝債（小説）
43 流星雨解毒片（小説）
44 給拉麵加一片檸檬（飲食檔案）
45 有點火（散文）
46 逆插桃花（小説）
47 女巫詞典
48 藍狐別心軟（散文）
49 橘子不要哭（散文）
50 煙花三月（紀實小説）
51 水雲散髮（飲食檔案）
52 夢之浮橋（散文）
53 礦泉水新版本（散文）
54 凌遲（小説）
55 真假美人湯（散文）

56 牡丹蜘蛛麵（飲食檔案）
57 赤狐花貓眼（小說）
58 涼風秋月夜（散文）
59 櫻桃青衣（小說）
60 如痴如醉（散文）
61 把帶血刀子包起來（散文）
62 鴉片粉圓（散文）
63 還是情願痛（散文）
64 紅袍蠍子糖（飲食檔案）
65 人盡可呼（散文）
66 新歡（小說）
67 風流花吹雪（散文）
68 餃子（小說）
69 紅耳墜（散文）
70 黑眼線（散文）
71 最後一塊菊花糕（小說）
72 蟹殼黃的痣（飲食檔案）
73 焚風一把青（飲食檔案）
74 女巫法律詞典
75 緣份透支（散文）
76 季節限定（散文）
77 給母親的短柬（博客留言結集）
78 紫禁城的女鬼（小說）
79 七滴甜水（散文）
80 一夜浮花（散文）
81 生命是個面紙盒（散文）
82 西門慶快餐（飲食檔案）
83 青黛（散文）
84 枕妖（小說）
85 歡喜就好（散文）
86 火燒愛窩窩（飲食檔案）
87 三尺三寸（散文・攝影）
88 奇幻夜（怪談精選集）
89 迷離夜（怪談精選集）
90 冷月夜（怪談精選集）
91 妖夢夜（怪談精選集）
92 幽寂夜（怪談精選集）
93 紫雨夜（怪談精選集）
94 寒星夜（怪談精選集）
95 梅花受騙了（散文・攝影）
96 未經預約（小說）
97 52號的殺氣（散文・攝影）
98 十種矛盾的快樂（散文・攝影）
99 天天都在「準備中」（散文・攝影）
100 冰蠶（小說）
101 一杯清朝的紅茶（散文）
102 細腰（散文）
103 羊眼包子（小說）
104 裸着來裸着去（散文）
105 喜材（小說）
106 虎落笛之悲鳴（散文）
107 藍蘋夜訪江青（散文）
108 烏體（小說）
109 離奇（小說）
110 不見了（散文）
111 雞蛋的墳墓（萬般滋味）
112 金蘋玉五郎（萬般滋味）
113 誰是前世埋你的人？（散文）
114 紅緞荷包（小說）
115 恐怖送肉樓（萬般滋味）
116 煙霞黑吃黑（萬般滋味）
117 青紅甜燒白（萬般滋味）
118 人骨琵琶啟示錄（散文）
119 香橙一夜乾（萬般滋味）
120 白露憂遁草（萬般滋味）

www.cosmosbooks.com.hk

天地

書　名　人骨琵琶啟示錄
作　者　李碧華
出　版　天地圖書有限公司
香港皇后大道東109-115號
智群商業中心13字樓（總寫字樓）
電話：2528 3671　傳真：2865 2609
香港灣仔莊士敦道30號地庫/ 1樓（門市部）
電話：2865 0708　傳真：2861 1541
印　刷　亨泰印刷有限公司
柴灣利眾街德景工業大廈10字樓
電話：2896 3687　傳真：2558 1902
發　行　香港聯合書刊物流有限公司
香港新界大埔汀麗路36號中華商務印刷大廈3字樓
電話：2150 2100　傳真：2407 3062
初版日期　2018年7月・香港

ISBN978-988-8258-97-0